棟居刑事の断罪

森村誠一

角川文庫
21852

目次

一夜かぎりの夢

松葉絵里子《まつばえりこ》は一時間待ったが、矢代昭《やしろあきら》は現われなかった。

待ち合わせの場所に来る前から、そんな予感がしていた。

矢代が絵里子に倦《あ》きていることはわかっていた。

矢代とつき合うようになってそろそろ三年、その間に彼の子を二回、中絶した。

二人目を中絶したときから、矢代との仲が長くはないような予感がしていた。

二人が会ったとき、必ず次の約束をしていたのが、その間隔が次第に長くなり、忙しいという理由で次のデートを確約しなくなった。

絵里子自身、二人の間に立ち始めた秋風に、ほっとしているようなところがあった。

恋も新鮮な間は楽しいが、たがいに未知の領域がなくなって馴《な》れ合ってくると疲労が溜《た》まってくる。

次の休日は一人で本を読んだり、家の中を片づけたいなどとおもっても、レギュラーパートナーから定期的なデートに誘われると、億劫《おっくう》ではあっても応じてしまう。そういう無理が少しずつ溜まっている。

夫婦ならば速やかに他人性が同化して身内になってしまうが、恋人同士の場合は未知の領域が開拓され、どんなに馴れ合っても他人である。

他人として未知の部分を残し、尊敬し合っていれば、熟練した異性として長く愛し合っていけるが、げっぷが出るまで飽食し合い、それでも他人として惰性から会いつづけている間に、たがいに疲労が積み重なってくる。

だが馴れているだけにおもいきって別れられない。たがいを喪失した後の寂しさと不便に耐えられないのである。

男にとって身辺に女がいるのは便利であるが、その逆も同じことが言える。

都会の女独り暮らしの最大の敵は病気と寂しさである。だが若く健康な間は病気の不安はあまりない。

電話一本で自分の許《もと》へ駆けつけてくれる男がいることは心強い。たとえ駆けつけてくれなくとも、声が聞けるだけで独り暮らしの寂しさをかなり救ってくれる。

男と女はたとえベストパートナーではなくとも、便利さから馴れ合い、妥協して、相互の関心が冷めても惰性の関係を持続する。

絵里子は矢代昭をベストパートナーとおもっていたわけではない。

彫りの深い理知的なマスクと、引き締まった細身の長身は、一緒に歩いていると若い女の子の視線を集めて誇らしかったが、目の色に卑しさが覗《のぞ》き、薄い唇が酷薄であった。

絵里子と連れ立って歩きながら、すれちがう若い女の体を衣服の上から詮索《せんさく》している。絵里子が中絶したときも、すまない、責任は取ると言いながらも、病院には同行せず、中絶費用も出さなかった。

絵里子ももらおうとはおもっていない。

これまでにも出張費に足を出してしまったとか、麻雀《マージャン》に負けが込んだとかいう理由で寸借を申し込まれるつどまわしてやったが、返してくれたためしがない。

矢代にはヒモの要素があるようであった。借りるときはすぐにも返すようなことを言いながら、矢代は決して返さなかった。

古い借金を踏まえたまま新たな借金を申し込んだ。そのつど金額は少しずつ大きくなっていった。

矢代の関心をつなぐために、絵里子は黙って申し込みに応じた。二年の間に貯金は底を突き、彼女は会社の金に手をつけた。

帳簿を操作してなんとかごまかしてきたが、それも限界にきている。

矢代に返済能力のないことはわかっている。矢代が絵里子から貢がせた金でほかの女とつき合っていることも知っていた。

だが、絵里子はなにも言わずに、矢代に貢ぎつづけた。

矢代が絵里子のヒモになっていることはわかっていたが、彼女はあえて彼をぶら下がらせていた。

このままいけば自分が破滅することはわかっていたが、矢代を失った当座の空白を埋められる自信がない。

すでに二十七歳、ぴちぴちした新入社員が次々に入社して来る中で、決して若いとは言えない年齢になってしまった。

恋の初めは矢代と対等であったはずが、いつの間にか彼に対してハンディキャップを負う身となってしまった。

そのハンディを埋めるために貯金をはたき、会社の金に手をつけてしまったのである。破滅を一寸逃れに逃れるために会社の金を操作しながら、足許の穴を深くしていた。矢代の関心をつなぐために、彼に貢ぐ金が大きくなればなるほど、矢代にとって彼女の存在は鬱陶《うっとう》しいものとなる。

金を受け取るとき、その場限りに感謝はしても、金の切れ目が縁の切れ目となることはわかっていた。

矢代との関係をこれ以上つづけることは、傷を大きくするだけである。

矢代が来ないとわかって心の隅でほっとしているのも、傷口は開いたままであるが、無理に無理を重ねた疲労が限界に達していたせいでもある。

矢代は彼女が手負った傷口を決して手当てもしてくれないし、疲労を共有もしてくれない。

そんな男の鎖に三年間縛られてきたのは、とりあえず身辺に矢代に代わるべき手ごろな男がいなかったからでもある。

いつも待ち合わせるホテルのラウンジで一時間待ったが、矢代は現われない。

これまでも遅刻がちであったが、一時間待たされたことはない。

（そろそろ潮時かもしれないわね）

絵里子は自分に話しかけた。

もうこれ以上待っても矢代が来ないことはわかっている。

それでも席から立ち上がれないでいるのは、三年つき合った惰性と言うものであろう。

矢代が頼るに値しない不実な男であることはもう見極めているつもりであるが、このような形ではっきりとふられてみると、寂しさが先立つ。ほっとすると同時に寂しいのである。

矢代が来ないとなると、とりあえず浮いた時間をどう過ごしてよいかわからない。

このまままだれも待つ者のない暗い部屋に一人帰って行くのも侘《わび》しい。

絵里子はすっぽかされて得た自由をもてあましていた。

「待ち人来たらずのようですね」

突然、隣りのテーブルから声をかけられた。

そこには二十代後半から三十前後と見える男が人待ち顔に座っているのを視野の端に入れていた。

眉《まゆ》が太く、目は大きい。筋肉質の体型で、たくましい体躯《たいく》をしている。

生地と仕立てのよい背広を着ているが、なんとなく危険なにおいが漂っているようである。

最近、男に感じられなくなったにおいである。危険ではあるが、女を惹《ひ》きつけるにおいでもあった。

「そちらも同じご身分のようですわね」

言葉を返せばコミュニケーションが成立する。

絵里子がそれを承知で切り返したのは、男の危険なにおいに興味を惹かれたからかもしれない。

矢代に対する腹いせもある。このまま暗い部屋に帰るよりも、未知の男の危険性に、矢代にすっぽかされて浮いた今宵《こよい》の自由を預けてみるのも一興であるとおもった。

「よろしかったらテーブルをご一緒してもよろしいですか」

男は早速、図々《ずうずう》しくも申し出た。

「これから待ち人が来るかもしれませんわよ」

「いや、もう来ません。たとえ来ても手遅れです」

「手遅れ？」

「私には新しいパートナーができました」

「あら、私はまだパートナーになるとは言ってませんわ」

「改めてお願いします。今夜、私と一緒に食事をしていただけませんか」

「さあ、どうしましょう」

「あなたはもう一時間も待っていらっしゃる。あなたのような女性を一時間も待たせるような男は、あなたのパートナーに値しません」

「あなたも一時間、待たせられたのですね」

「いつもなら私は十分以上は待ちません。失礼ながら、あなたの前にどんな男が現われるかと密《ひそ》かに観察していたのです」

男はすでに絵里子のテーブルに移って来ていた。

「申し遅れました。私は鮫島邦夫《さめじまくにお》と申します」

差し出した名刺には映像作家という肩書が刷られてある。

映像というからには映画かテレビ関係の仕事であろうか。これもなんとなく胡散臭《うさんくさ》いにおいを発する職業である。それも本当の職業かどうかわからない。

「矢代昭子です」

咄嗟《とっさ》に絵里子はパートナーの名前を借用した。

「やしろあきこさんですか、いいお名前ですね。どういう字を書くのですか」

男はさらに問うた。

「名前は記号にすぎないわ。私たち、パートナーにすっぽかされたピンチヒッター同士でしょ」

「ピンチヒッターが一打逆転のホームランを打つこともあります。私は今夜、パートナーが来なかったことを感謝したいくらいですよ」

「お上手ね。でも、私のパートナーはこれから現われるかもしれなくってよ。あなたのパートナーのように手遅れというわけではないわ」

「それでもけっこうです。あなたのパートナーが現われるまでピンチヒッターを務めさせていただければ光栄です」

「あなたは、それでも一打逆転のホームランが打てるかしら」

絵里子は挑発するように鮫島の顔を見て笑った。

「場所を変えましょうか。ここではバッターボックスに立ったことになりません」

鮫島は絵里子がイエスともノーとも返事をしないうちに、彼女のテーブルから伝票を取り上げて立ち上がった。

男にふられて生じた自由をべつの男で埋め立てる。一夜のアバンチュールが彼女の人生に新たなページを開いてくれるかもしれない。

それほど大袈裟《おおげさ》に考えずとも、未知の男の包丁捌《さば》きに自分を委《ゆだ》ねてみたい。

包丁捌きによっては、まだまだ充分に美味《おい》しいはずの素材である。

三年間の惰性的な調理に終止符を打つような新たな包丁捌きを絵里子は期待していた。

鮫島の包丁捌きは満足すべきものであった。

「驚いたな」

ベッドの中でようやく体を離した鮫島が言った。

「なにを驚いたの」

絵里子が問うた。

「今日会ったような気がしない」

「私もよ」

「今日会ったばかりなのに、もう十年も会っているようだよ」

「こんなの初めて」

絵里子も、まるで誂《あつら》えたようにぴたりとフィットした密着感に驚いていた。

未知のカップルの第一夜は刺激的ではあるが、まだ肌が馴染《なじ》まない。未熟な官能を刺激が補っている。

だが、彼らは一夜にして十年のカップルが達成するような性的な調和と一致を得た。新鮮でありながら性に熟練している。未知同士が遭遇していながら、官能が同調《シンクロナイズ》して最大限の燃焼と爆発を繰り返している。

矢代とでは決して得られなかった熱い燃焼であり、強烈な爆発である。

絵里子は自分の体内に官能の油がこれほど貯蔵されていたことに驚いていた。

もはや矢代に火を点《つ》けられ、燃やし尽くされたとおもっていたのが、表皮を焙《あぶ》られていただけにすぎず、体内深部の油田が手つかずに残されていた。

それを鮫島は一夜にして掘削し、深所から火を点けてしまった。

「あとを引きそうだな」

「困るわ。責任を取ってもらうわよ」

「こんな責任なら、男冥利《みょうり》に尽きるね」

「駄目、離れられなくなると困るもの。私、当分自由でいたいの。あなたの奴隷になりたくないわ」

充分飽食したはずでありながら、また彼女の身体に伸ばしてきた鮫島の手を、彼女は柔らかく押さえた。

「もう充分にきみの奴隷になっているよ」

早くも体力が充実してきたらしい鮫島は、未練がましく言った。

「私は奴隷にも主人にもなりたくない。今夜は私にとって特別の夜だわ。あなたは私をつないでいた鎖を断ち切ってくれたのよ。せっかく鎖から解き放されたのに、新たな鎖につながれたくないの。今夜別れたら赤の他人だわ。もう二度と会わないし、仮にどこかで出会ったとしても忘れているわ」

絵里子はベッドからするりと抜けると、身支度を始めた。

「せめて、今夜一夜だけ一緒にいてくれないか。人生のたった一夜だけ、きみと共有したい。朝が来るまできみと一緒にいたい」

「ロマンティストなのね。いま別れても夜が明けるまで一緒にいても、別れることには変わりないわよ。一緒にいる時間が長ければ長いほど未練が出るわ。ホテルから別々に出ましょう。あなたから先に行く？　それとも私が先に出ましょうか」

「わかった。こんな美味しいことが人生につづくはずはない。あなたに出会ったことは今夜一夜の夢として忘れよう。あなたから先に出て行ってくれ。あなたの残り香を少しでも嗅《か》いでいたいから」

鮫島は言った。

「私もとても楽しかったわ。二度と出会わないように祈りましょう。出会うと辛《つら》いから」

絵里子は言って、ホテルから出た。

横奪《よこど》りした奇貨《きか》

1

体の芯《しん》に男の余韻が尾を引いている。余韻が消える前に家に帰りたかった。

おもいがけない一夜のアバンチュールであったが、彼女の人生を一打逆転するホームランとはなり得ない。

しょせん、その場限りのピンチヒッターにすぎない。

ホテルから出て、街の雑踏の一人として歩いている間に、いま肌を合わせてきたばかりの鮫島の顔が霞《かす》んでしまった。

体内に男の余韻が残っている間に、本体が霞んでしまった。

絵里子はそれでよいのだとおもった。

鮫島が霞むと同時に、彼の前に絵里子の体を独占していた矢代が消えてしまった。

三年間、絵里子の中に積み重ねたはずの矢代の実績が、たった一夜のアバンチュールで、新たな録音によって消去された古い録音のように跡形もなく消えている。

しょせん矢代の実績もその程度のものであったのであろう。

体内に複数の男を同居させられる女もいるが、絵里子にはその芸当はできない。矢代の前にも何人かの男たちとラブアフェアはあったが、いずれも一人ずつであった。一番長くつづいたのが矢代であった。それも今宵《こよい》をもって終わった。

これまでも古い男の記憶と実績は、新しい男によって消去された。

だが、矢代によって負わされた傷は、今宵一夜のアバンチュールによっても消えない。心身の傷ではなく、彼に貢ぐために開けた穴である。もはや帳簿上の操作では糊塗《こと》し切れなくなっている。

次の会計監査までになんとか埋めなければ、業務上横領の罪で刑務所へ行かなければならなくなる。

矢代を責めたところで、返済能力のないことはわかっている。それまでになんとかしなければならない。

サラ金だけは頼るまいとおもっていたが、もはや背に腹はかえられない。この窮地をとりあえずしのぐためには、悪魔の金でも借りなければならない。

絵里子は駅に来た。終電に近い時間でありながら、どうしてこんなに大勢の人間がいるのかと呆《あき》れるほどに駅には夥《おびただ》しい乗客が犇《ひし》めいていた。

この人たちも絵里子同様、だれ待つ者もない暗い部屋に帰るのがいやで、終電まで盛り場に居残っていたのであろうか。

そういえば以前、新宿区《しんじゆく》の総所帯数の中で単身者が七割以上と聞いたことがあった。

それは住民登録をした数であるから、単身者の幽霊区民はもっと多いであろう。

深夜の電車はアルコールと疲労と荒廃したにおいが漂っている。一日働いて帰途を急ぐ勤労者の充実感はかけらもない。

むしろ今日一日を虚《むな》しく失った人たちの虚無と疲労が充満している。

なにも得ることのない日常を積み重ねながら、人生を空費していく人たちの疲労やいらだちがアルコールによって攪拌《かくはん》され、結局、どうあがいても明日もまた同じような繰り返しになるだろうという無気力となって、電車に身体を預けている。

絵里子も無気力な乗客の一人として電車に揺られている間に、ふと同じ沿線に住んでいる女の友人をおもいだした。

以前はよく行き来していたが、矢代とつき合うようになってから疎遠になった。

今夜は一人の部屋に帰りたくなかった。こんなとき、傷を優しく舐《な》め合うには同性に限る。

これまでにも突然立ち寄ったことがある。彼女も人恋しいとみえて、いつ行っても歓迎してくれた。

久し振りに立ち寄ってみようか。

友人の家は絵里子の下車駅よりも数駅手前であった。

おもいたったとき、電車は友人の下車駅に滑りこんだ。

下車した乗客は駅前から八方に散って、絵里子一人になった。

人影の絶えた深夜の通りを、以前の記憶を頼りに友人の家の方角へ向かう。

だれかがつけてくるような足音を聞いたようにおもって背後を振り返ったが、人影は見えない。

深夜、自分の足音が反響してそんな風に聞こえたのであろう。

何度か来ているはずでありながら、ここしばらくご無沙汰《ぶさた》していたので記憶が薄くなっている。

深夜の通りは商店が戸を閉ざし、家並みが灯《ひ》を消して寝静まっているので特徴が消えてしまった。それにしてもまったく記憶に引っかからない。

絵里子はようやく通りを一筋まちがえたらしいことに気づいた。

いまさら駅前まで引き返すのも面倒くさいので、当てずっぽうの方角へ近道をしようとしたのがいけなかった。

ますます怪しい方角へ迷い込み、駅へ帰る道もわからなくなってしまった。

深夜、位置の見当を失って、若い女が一人でうろつきまわっていると、このまま永遠にこの未知の街角から抜け出せないような不安に駆られてくる。

めちゃくちゃに歩きまわっていると、やや広い通りへ出た。車も人影も絶えている。

犬の吠《ほ》え声がし、どちらへ行こうか迷って見まわした彼女の視野に、一個の人影が通りを横切りかけた。

よほど急いでいると見えて、通行車の確認もせずに通りの中央へ走り出た。

そこへ一台の車が疾走して来た。両者はなんの緩衝も置かずに接触した。

人影は車のボンネットの上にすくい上げられ、車の加速度をそのまま伝えて路面に叩《たた》きつけられた。

車はいったん停止したが、路上に伸びた人影がぴくりともしないのを見て、前以上のスピードで走り去った。一瞬の間の出来事であった。

茫然《ぼうぜん》として見守っていた絵里子は、路上に横たわった人影の方に恐る恐る歩み寄った。

遠方から来る薄明かりに透かして見ると、まだ三十前後と見える若い男である。

轢《ひ》き逃げ被害者は目、耳、口、鼻から出血しており、一目で絶望的であることが見て取れた。

まだ虫の息があって、しきりに手を伸ばそうとしている。

被害者が伸ばそうとしている手の先に鞄《かばん》が転がっていた。よほど大切なものが入れてあるとみえて、しきりに鞄の方に手を伸ばしている。

「この鞄をどうすればいいの」

絵里子は被害者に問いかけた。

絵里子はなにげなく鞄を取り上げて、ぎょっとした。

鞄のファスナーが少し開いて、中身が覗《のぞ》いている。それはぎっしりとパックされた一万円札の束であった。

重量からも相当の金額であることが推測される。

被害者は口から血の泡を噴きながら、絵里子が持った鞄を取り返そうとするかのように、必死に手を伸ばしている。

「凄《すご》い大金だな。少なくとも八千万はある。いや、一億あるかもしれないよ」

背後から突然声がかかった。

はっとして振り返ると、そこにいつの間に来たのか鮫島が立っている。

「あなたは」

「きみのことが忘れられなくてね、そっと跡をつけて来たんだよ。そうしたら、とんだハプニングだ。いや、アクシデントと言うのかな。とにかくこの男を片づけよう。ここでは交通の障害になる」

鮫島は言って被害者の両足をつかむと、道路脇へずるずると引きずって行った。

「どうするつもり」

「鞄を持って来てくれ」

呆気《あっけ》に取られている絵里子を促した鮫島は、改めて被害者の顔を覗き込んで、

「こりゃ駄目だね」

と言った。

「とにかく救急車を呼ぶわ」

絵里子が電話を探そうとすると、

「もう手遅れだよ。救急車は死体を運ばない」

と手を上げて制止した。

「それじゃあ、警察を呼ぶわ」

「警察を呼ぶ必要はない」

鮫島は言って、絵里子が運んで来た鞄を手に取ると歩き出した。

「一体どういうつもりなの。その鞄はこの人のものよ」

絵里子が驚いて咎《とが》めると、

「ここでは人目に立つ。とにかく安全圏に行って話し合おう」

と鞄を持ったままほとんど走るように歩きつづけた。

絵里子は鮫島の後を追うのが精一杯であった。

横路地から裏通りを走り伝って行くと、小さな児童公園があった。

ベンチを見つけて腰を下ろすと、鮫島は絵里子に隣りへ座れと命じて、

「この金を持っていた男は死んだ。つまり、この金の所有者はこの世からいなくなったというわけだ。そこでものは相談だが、この金を二人で山分けしないか」

「なにを言うのよ。お金を持っていた人が轢き逃げされて死んだからといって、私たちのものになったわけではないわ」

「だから相談だと言っているだろう。正当な所有者に返すべきよ」

あの場面に我々が居合わせたことはだれも知らな

い。つまり、きみとぼくしか知らないということだ。この金は天がおれたちにあたえてくれたものだとおもうよ。天からの授かりものは有り難くいただこうじゃないか」

「そんなことできないわ。死んだ人のものが天からの授かりものなんて、横奪《よこど》りじゃないの」

「あんたがどうしてもいやだと言うんなら、強制はしないがね。その方がおれにとっては有り難い。山分けする必要がなくなって、独り占めできるからな」

鮫島はにやりと笑った。

「あなたがそんなに悪だとはおもわなかったわ」

「この金を見て悪心を起こしたのさ。一生あくせく働いても手に入りそうにない大金だ。あんたが分け前を放棄するなら、おれが全部もらうよ」

「私が訴えたらどうするつもり」

「今夜のことは夢だと言ったが、あんたがなにを言おうと、夢でも見たんじゃないかと言われるよ」

「あなたの名刺を持っているわ」

「その名刺がおれの名刺だという証拠がどこにあるんだね。仮におれの名刺だとしても、偽名かもしれないぜ」

鮫島はせせら笑った。

彼のせせら笑いを見たとき、絵里子にもう一人の自分がささやいた。

（これだけのお金があれば、穴を埋めてお釣りがくるわよ）

お釣りの方が何倍もある。これだけの金があれば貧しいＯＬ生活に別れを告げて、新たな未来のドアを開く資金になるだろう。

「どうだね、正直ぶって突っ張らないで、おれと山分けしないか。金は天下のまわりものだよ。死んだ人間はあの世へ金を持って行けない。轢き逃げ現場に行き合わせたのもなにかの縁だ。仏さんの形見代わりにもらってもいいとおもうよ」

「勝手なのね」

「どうする。時間はない。乗るか降りるか。おれの取り分を二倍にするために、できればあんたに降りてもらいたいがね」

鮫島は絵里子の心を読んだように、顔を覗き込んだ。

「乗るわ」

「そうか。おれたち、一夜の夢の共有者として死者の形見を山分けとするか」

鮫島は手際よく鞄の中身を目分量で二分した。

「数えている暇はない。あんたが先に取れ」

鮫島が二つに分けた札束を顎《あご》でしゃくった。

「私、入れ物を持っていないわ」

「あんたが鞄を持って行け」

「あなたは……」

「おれはコートに包んで行くよ」

鮫島は着ていたレインコートを脱いで、札束を包み込んだ。

「これで本当にお別れだ。今度どこで出会っても、おれたちは赤の他人だ。それから、言わずもがなのことだが、急に金遣いを荒くしない方がいい。とりあえず銀行に仮名を使って預けておいて、少しずつ使うんだね」

「わかっているわよ。あなたこそ、急に札びらを切らない方がいいわよ」

「それを釈迦《しゃか》に説法と言うんだよ」

「馬の耳に念仏にならなければいいけれど」

「今夜はとても素晴らしい夜だった。あんたに出会ったことを感謝するよ」

「もう二度と会いたくないわ」

「夢は一夜限りにしようというわけだな。それじゃあ、元気でな。不審訊問《じんもん》や痴漢に引っかからないように行きなよ」

鮫島は言い残して立ち去って行った。黒く厚く塗り込められた空から冷たい水滴がこぼれ落ちてきた。

2

鮫島と山分けした金は四千五百万円あった。

経理にあけた穴を埋めても、四千万弱の金が手許《てもと》に残った。

矢代昭はそれから間もなく老舗《しにせ》料亭の娘と結婚して、料亭の若主人におさまった。

「きみにはすまないことをしたとおもっている。しかし、きみと結婚はできなかったけれども、一生つき合って行きたい。きみの生涯はぼくが責任を取る。これからもいままで通りに会ってくれないか」

と矢代は虫のいいことを言った。

「いいのよ。そんな気を遣わなくても。あなたに責任を取ってもらわなくとも、私は自分の力で生きていけるわ」

絵里子は内心せせら笑った。

逆玉の輿《こし》に乗ったものの、妻には頭が上がらない。寝室の中でもイニシアティブを取れない。妻の代用性具《スペアセックストイ》として、絵里子を確保しておこうという魂胆である。

セックストイとして一生身辺に置いて愛玩《あいがん》することが、矢代の責任の取り方であった。

手許に残った四千万弱の金は、鮫島に忠告された通り、幾つかの銀行に仮名で分散して預けた。

一見、絵里子の生活にはなんの変化も生じていない。

男がいなければいないで、特に欲しいともおもわなくなった。

身辺に男のいない寂しさを、転がり込んできた大金が充分に補ってくれた。自分は四千万弱持っているとおもうだけで、心にゆとりが生じた。

大金を持っていることを懐が温かいと言うが、その形容が実感をもって理解できた。

懐だけでなく、全身が温かい。

女一人四千万弱の金を持っていれば、とりあえずなんでもできそうな気がした。

あの夜から約一ヵ月後、絵里子は溜《た》まっていた休暇を取ってヨーロッパ旅行へ出かけた。

ある大手旅行社が募集したツアーに参加したのである。

そのツアーで絵里子は幸運をつかんだ。

同じツアーにやはり一人で参加していた瀬川幹一《せがわかんいち》と知り合った。

瀬川は植物学者で、ある大学で講師をしていた。

学究肌の真面目一方の人間で、これまで絵里子の身辺にはいなかったタイプの男である。

女性の扱い方を知らず不器用であったが、誠実で正直そうだった。

瀬川は彼女に植物の話をした。

なんでも寄生植物を研究テーマとしているということである。

絵里子には瀬川の植物学の話の大部分は理解できなかったが、彼の誠実な人柄はよくわかった。

これまで女にぶら下がって、女から吸うことばかり考えているような男たちに取り囲まれてきた絵里子には、瀬川のような男の存在は新鮮な驚きであった。

瀬川は植物学だけがぎっしりとつまった単調な人間ではなかった。

瀬川が絵里子に初めて話しかけてきたのは、ヴァティカン美術館システィナ礼拝堂中央正面壁にかけられた「最後の審判」の前であった。

「これらの絵はまさに肉食性人種でなければ描けない絵ですね。この時代に生きた人々の血のにおい、肉のにおいが漂ってくるようです」

と彼はミケランジェロの作品を評した。

絵里子は美術に造詣《ぞうけい》が深いわけではなかったが、絵は好きであった。

このツアーを選んだのも、ヨーロッパの有名美術館が多く網羅されていたからである。

三百九十一人の人物を描き込んだという「最後の審判」はたくましいキリストを中心に、左右には地獄に落ちる人々と、天へ昇る、選ばれた人々が描き分けられているが、いずれも隆々たる筋肉の力強い裸身のオンパレードである。

幽玄で瞑想《めいそう》的な心象風景の多い日本画を見慣れた目には、刺激が強すぎる。

重厚でダイナミックな劇的な構成の作品は、いみじくも瀬川が言い当てたように肉と血のにおいが漂っているようである。

肉食性人種の作品と評した瀬川の言葉が、絵里子の印象にピタリとフィットした。

それをきっかけに、瀬川と会話の糸口が開いた。

話すほどに、瀬川の美術に関する造詣の深さがわかった。

フィレンツェのウフィツィ美術館で瀬川がさりげなく、

「ヨーロッパは美術の宝庫ですが、日本にも素晴らしい美術館がたくさんありますよ」

とささやいた。

「瀬川先生がご推薦なさる美術館はどこですか」

絵里子が問い返すと、

「大都市の有名美術館もいいが、地方に素晴らしい美術館が隠れています」

「たとえば」

「たとえばですね、新潟県弥彦《やひこ》村の弥彦岡美術館や、諏訪《すわ》湖畔にある北沢美術館は特に私は好きです」

と瀬川は言った。

「北沢美術館ならば霧ヶ峰《きりがみね》に行った帰途、立ち寄ったことがあります」

絵里子が答えると、

「えっ、北沢美術館へ行かれたことがあるのですか。それは嬉《うれ》しいですね」

瀬川は同志を見いだしたように目を輝かせた。

「びっくりしました。諏訪湖のほとりにひっそりとたたずむ小さな美術館に、東山魁夷《ひがしやまかいい》、杉山寧《すぎやまやすし》、奥田元宋《おくだげんそう》、山口蓬春《やまぐちほうしゅん》などの日本画の大家の作品がぎっしりと並んでいたので」

「奥田元宋の『霧雨の湖』をご覧になりましたか。あの絵は特に私の好きな作品です。『霧雨の湖』を見るために、私は三回、北沢美術館へ通いましたよ」

「よくおぼえていませんけれど、一羽の鳥が泳いでいる霧雨に霞《かす》む湖の背後に、紅葉と雪をまぶした山が三段重ねになっているような作品ですか」

「三段重ねとはうまいことおっしゃいますね。それが『霧雨の湖』です」

「作品も素晴らしいとおもいましたが、たしか奥田元宋の文章だとおもいますが、展示室の隅に掲示されていた言葉にとても感動しました。

細い道でもいいから彼方《かなた》へ通じる一本の道を歩きたい。十年に一歩でもいいから前を向いて歩きたいというような言葉だったとおもいます」

「そうです。私もその言葉が好きです。その後に次のような言葉がつづきます。『私は器用な手先よりも、感動する心をいつも大事にしていきたいと思っている』」

このときから絵里子と瀬川は心が通い合うのをおぼえた。

二人はツアーから帰国して成田《なりた》で解散するとき、北沢美術館で再会しようと約束した。

帰国後間もなく、二人は諏訪へ旅行した。

北沢美術館の「霧雨の湖」の前で瀬川がプロポーズした。絵里子に断る理由はなかった。

二人は結婚した。瀬川は指環の代わりに、彼が心酔している和田義彦《わだよしひこ》の作品を贈ってくれた。

餞別《せんべつ》の犯行

1

小滝友弘《こたきともひろ》は追いつめられていた。

友人に勧められ、一攫千金《いっかくせんきん》を夢見て、共同で始めたコンビニエンスストアが見事に失敗して、なけなしの運転資金を友人に持ち逃げされた。

なんとか怪我を最小限に食い止めようとして手を出した株が大暴落して、ますます傷口を大きくした。

苦しまぎれに借りたサラ金の金が悪魔の金であった。

サラ金業者の間をたらいまわしされて、あっという間に金利が坂を転がり落ちる雪のボールのように脹《ふく》れ上がった。

金利を払うために、また新たなサラ金を借りる。一歩這《は》い上がろうとすれば二歩ずり落ちる蟻地獄に落ち込んだ。

もはや逃げ道はあの世以外にはなさそうであった。

いかに債鬼といえども、あの世までは追いかけて来まい。

こんな時期、小滝は金田満之介《かねだみつのすけ》老人に出会った。名前からして金持ちである。

金田は友人が紹介してくれた金貸しであるが、小滝が差し出した父親の形見のロレックスに対して、気前よく三万円貸してくれた。

小滝にとっては大事な父親の形見であったが、かなりの年代もので、二束三文に値切《と》られると覚悟していたところ、三万円貸してくれたので、食事も満足に摂れなかった当座の窮地をしのげた。

そのとき束の間開いた金庫の奥に、ぎっしりと一万円札の束がつまっているのが視野の端に覗《のぞ》いた。

その一瞬の視野が残像となって、小滝の網膜に焼きついた。

それは彼にとってショッキングな光景であった。目分量でも数千万の大金が金庫の中に無造作につまっている。

その数分の一でもあれば、現在の窮地から逃れられる。

そのとき金田老人は独り碁を打っていた。小滝は碁の好きな父親の影響を受けて、多少碁石をつまんだことがある。

なにげなく盤面を覗いて一言、二言はさんだ言葉が適切であったとみえて、金田は金壺眼《かなつぼまなこ》をぎょろりと小滝の方に向けて、

「あんたも碁を打つのかね」

と問いかけた。

「親父が好きでしてね、門前の小僧です」

「どうかね。一局お手合わせしてみないかね」

金田に誘われたのがきっかけとなって、時どき碁を打ちに行くようになった。

金田は小滝が気に入ったとみえて、小滝が来るのを心待ちにしているようである。

金田が碁を打ちながら問わず語りに、以前株屋をしていたことや、一人息子を交通事故で失い、細君が数年前に病死してから独り暮らしをしていることなどを語った。

「バブルの前に儲《もう》けた株をうまいこと切り上げて、老人一人食うには困らないが、あの世へ金を持って行けるわけではなし、寿命が尽きたら社会福祉にでも寄付しようとおもっているんだ。まあ、貧者の一灯だね」

と言った。

貧者の一灯にしては、視野を束の間かすめた金庫の中の光景は豪勢であった。

小滝の古ぼけた時計に気前よく三万円貸してくれたわけがわかった。

金田に身寄りがないと知って、小滝の心に一つの計画が次第に輪郭を取ってきた。

金田は現在七十八歳ということである。平均寿命を超えている。彼が死ねば金庫の中の金は無主となり、国庫に納められることになるであろう。

金田がこれからどれくらい生きるかわからないが、もはや日本人の平均としては充分に生きたと言えよう。

金田が死んだところで、だれも悲しむ者はいない。金田自身が言っているように、どうせ地獄へ持って行けない金であるなら、おれがもらってやってもいいだろう。

貧者の一灯とはいみじくも言った。金田の金が国庫からこぼれ落ちたところで、国庫にはなんの影響もあるまい。

金田と小滝の関係を示すものはロレックスだけである。それも二人が知っているだけで、小滝の持ち物と知っている者はほかにはいない。

金田からロレックスを回収してしまえば、二人の関係を示すものは消えてしまう。

小滝に金田を紹介してくれた友人も、その後、小滝が金田と時どき碁を打っていることは知らない。

金田は小滝に心を許している。

小滝の訪問を心待ちにしており、老人は夜眠れないので、おもい立ったとき何時《いつ》でもいいから碁を打ちに来てくれと言っている。

株で儲けたころ買った広い土地に、老朽家屋ながら老人の独り暮らしには広すぎる一軒家に住んでいる。

周辺は閑静な住宅街である。

金田を殺すにはなんの障害もあるまい。問題は犯行後の逃げ足の確保である。

マイカーもすでに売ってしまった。殺害後金を奪《と》り、しばらくは徒歩で逃げなければなるまい。

現場近くでタクシーや電車に乗るのは足跡を残す。ある程度足で距離を稼がなければなるまい。

犯行後、現場を管轄する警察の区域外へしばらく歩いて逃げる。計画中、この間が最大の危険時間帯と言える。この時間帯さえしのげば、完全犯罪となる。

小滝には自信があった。

金田は小滝の照準に捉《とら》えられた獲物である。万に一つの失中（的を失する）もない。

金田の家には週末や月末には金を借りに来る客が多い。また年末やゴールデンウィーク、夏休みの前後も客の出入りが多い。

長い休日の後には、金を使いすぎて生活費に困った客が駆け込んで来るのである。

入念に計画を練った小滝は、六月の初めを決行日とした。

この時期はゴールデンウィークの喧騒《けんそう》も鎮まり、夏の開幕には間があって、シーズンの真空期間に当たる。

ちょうど梅雨期に入り、日本列島全体が湿っぽくなっている。

決行日を定めた小滝は、金田に言った。

「近いうちに海外に長期出張することになりました」

「出張って、どのくらいかね」

「暮れには帰って来られるとおもいますが」

「そんなに長く行っているのかね」

金田は少し寂しげな表情をした。

「友人がちょっと美味《おい》しい仕事を紹介してくれましたものでね、帰国したら、時計を請け出せるとおもいます」

金田は小滝が碁の相手をするようになってから金利の催促もせず、ブツを流しもせず、しごく鷹揚《おうよう》であった。

「そうそう、忘れておった」

金田はおもいだしたように言うと、物品庫の方へ立って、間もなく帰って来た。

手に小滝のロレックスを持っている。

「これはあんたにお返ししよう」

金田はロレックスを小滝の手に押しつけた。

「まだ金を返していませんが」

「いいんだよ。それから、これは些少《きしょう》だが、私の気持ちだ」

と言って、分厚い封筒を差し出した。

少なくとも一万円札三十枚は入っていそうな手触りである。

「なんですか、これは」

小滝はわかっていながら押し返すゼスチャーをした。

「だから、言っただろう。私の気持ちだ」

「時計は親父の形見なので有り難くお借りしますが、これはいただけません」

「親父さんの形見をまげる（質に入れる）ようなことをしてはいかんよ。海外へ行くのに金は邪魔にはならん。せっかく出したものだ、取っておきなさい」

金田は鷹揚に言った。

犯行前に証拠の時計を返されたのは、回収の手間が省けたというものである。

金田から金包みを渡されたとき、小滝の良心がちくりと痛んだが、どうせ自分のものになる金の一部を先払いされたのだと勝手な解釈をした。

へぼ碁の相手を何局か務めただけでこれだけの金をくれるのであるから、株で儲けた金を相当溜《た》め込んでいるのであろう。

小滝は金田から餞別《せんべつ》をもらったことによって、ますます犯意を固めた。

2

六月六日午後十一時、小滝は行動を起こした。午前一時から二時ごろが理想的な時間帯であったが、何時でもよいと言われても、あまりに遅いと不審を持たれてしまう。

金田の家に着いたのは午前零時少し前であった。まだ六日のうちである。

小滝がドアホンに名乗ると、寝巻きを着た金田が、なんの疑いも持たずに玄関ドアを開いた。

「夜分遅くすみません。明日出発になりましたので、最後の一局とおもいましてね」

小滝は言った。

「忙しいのに、よくわしのことをおもいだしてくれたね。まあ、上がんなさい」

金田は小滝を家の中に入れると、いそいそと盤を持ち出した。

「お寝《やす》みだったんじゃありませんか」

小滝はそれとなく家の中の気配を探りながら言った。訪問者はいないようである。

「いやいや、寝つかれなくて困っていたところだよ。あんたが来てくれて、助かった。腹は空《す》いていないかね」

金田は小滝の凶悪な訪意も知らず、全身で歓迎している。

寝つかれなくて困っているのであれば、永久に眠らせてやろう。小滝は胸の内にざわめき立つ良心を抑え込むように決意を新たにした。

盤を取り出した金田は、勝手から酒やつまみものを運んで来ている。

小滝は居間の奥にある金庫をちらりと睨《にら》んだ。金田を殺す前に、その金庫を開けさせなければならない。

小滝はあらかじめ用意して来た現金を取り出した。金田の餞別の一部を取り分けた金である。

「これを一応お返ししておきます」

「なんだね、これは」

「お返しいただいた時計の元利です」

「あの時計は私の気持ちだと言っただろう」

「それではぼくの気持ちがすみません。餞別は有り難くいただきますが、時計は金田さんの商売としてお預けしたものですから、どうか規定のものは受け取ってください」

「あんたも堅いんだな」

金田は苦笑したようである。

「それじゃあ、まあ、あんたの気がすむように、帰国するまで預かっておこうか」

「ぜひお願いします」

金田が現金をすぐ金庫にしまうことは知っている。

金田は小滝の差し出した金を受け取ると、金庫の方へ立った。

ダイヤルをまわして金庫の扉を開く。小滝はその一瞬を待っていた。

金庫のドアが開かれた瞬間、小滝は跳躍した。

気配を悟って振り返った金田の頭に、隠し持っていた金槌《かなづち》を振り下ろした。

「なにをす……」

と問いかけた言葉を半ばに、金田は小滝の渾身《こんしん》の力をこめて振り下ろした一撃を頭に受けて昏倒《こんとう》した。したたかな手応《てごた》えであった。

倒れた金田に、念のために止どめの追撃を加えた。

最初の打撃で金田の頭蓋骨《ずがいこつ》は砕かれたようである。

金田が絶息したのを確かめた小滝は、あらかじめ用意してきた鞄《かばん》に、金庫の金を移した。

入念に自分の痕跡《こんせき》を消して、小滝は金田の家を出た。腕時計を見ると十数分しか経過していない。

最大の危険は金田の家を出た後である。

閑静な住宅街は完全に寝静まっている。犬や猫も眠っているとみえて、動くものの影はまったくない。

空は厚く梅雨雲に覆われていて、星の影一つ見えない。

ただでさえも暗い夜の闇の底を伝うようにして、小滝は金田の家から遠ざかった。

一歩遠ざかれば遠ざかるほど安全圏へ近づいて行く。

やや広い通りへ出た。少しほっとして警戒の構えを解きかけたとき、突然、足許《あしもと》から犬に吠《ほ》え立てられた。

ぎょっとして逃げかけると、犬はますます激しく吠え立てながら追いかけて来た。放し飼いの犬らしい。脛《すね》に傷もつ小滝はうろたえた。

3

金田満之介の死体は六月七日午前十時ごろ、クリーニング屋の店員によって発見された。

何度チャイムを押しても返答しないのを怪しんだクリーニング屋は、玄関ドアを引いてみるとロックされていないので、中を覗《のぞ》き込んだ。

玄関に金田の履き物が放置されていて、外出した様子もない。

クリーニング屋が今日、仕上がり物を届けることを金田は知っているはずである。

店員に不吉な予感が走った。老人なので身体に突然異変が生じても不思議はない。

店員は声をかけながら屋内に恐る恐る踏み込んだ。そして、金田の無惨な死体を発見した。

通報を受けた所轄の成城《せいじょう》署から臨場した捜査員は、殺人事件と認定して、警視庁捜査一課に連絡した。

現場は世田谷《せたがや》区喜多見《きたみ》の閑静な住宅街の一隅にある一戸建て平屋である。

被害者が居室にしている八畳の和室の金庫が開放されて空になっているところから、金目的の犯行と推測された。

被害者は金槌状の鈍器で後頭部および側頭部を殴打され、頭蓋骨が陥没している。

即死に近い状況で死んだものと見られた。

死亡推定時間は昨日深夜から今日未明にかけて。

犯人の侵入口はなく、被害者が玄関のロックを解いて屋内に迎え入れているところから、顔見知りの者の犯行と推測された。

被害者を脅迫、あるいは詭弁《きべん》を用いて金庫を開けさせた後、被害者を殺害し、金庫の中の金を奪って逃走したという状況である。

現場および周辺の綿密な検索にもかかわらず、凶器および指紋、その他犯人の遺留資料と目されるものは発見されなかった。

被害者の死体は搬出されて解剖に付された。

解剖の結果は、検視の第一所見を裏づけるものであった。

六月八日午後、所轄の成城署に捜査本部が開設された。

捜査本部に警視庁捜査一課強行犯捜査班、那須《なす》班が投入された。

那須班のメンバーと成城署の捜査員とはすでに過去の事件の捜査で何度も顔を合わせている。

天網の利

1

六月七日早朝都下狛江《こまえ》市岩戸南《いわどみなみ》三丁目の路上で男の轢《ひ》き逃げ死体が新聞配達員によって発見された。通報を受けて狛江署から石井と野村刑事が臨場した。

轢き逃げ被害者の身許《みもと》は所持していた運転免許証から、中野《なかの》区南台《みなみだい》四－三十×、小滝友弘（三十二）と判明した。

死体は明らかに疾走中の車と衝突した状況を呈していたが、横たわっていた箇所が路傍であった。

路上中央やや片寄って、路面に叩《たた》きつけられたと見られる血痕《けっこん》が残っていた。

「おかしいな。接触箇所は路上中央寄りなのに、死体が道端にある」

石井が小首をかしげた。

「接触した衝突でバウンドしたんじゃありませんか」

「バウンドねえ。それにしては路上の血痕位置からかなり距離がある。こんなにバウンドするものだろうか」

「それでは加害者、あるいは事故の後通りかかった者が、交通の障害になるので道端へ片寄せたのでしょうか」

「加害者はそんなことはしないだろう。後から通りかかった者だ」

「冷たいやつですね。轢き逃げされた死体を発見しながら通報もせず、粗大ゴミのように道端へ片寄せて、そのまま行ってしまった。被害者はその時点ではあるいは息があったかもしれない」

「関わり合いになるのを恐れたのだろう」

この事件では、狛江署の小滝に対する扱いは被害者であり、被害者の身内や親しい関係者を探すための捜索であった。

小滝は同じアパートの入居者には、商店経営というふれ込みであったが、どうやら昨年、店が潰《つぶ》れてからは定職もなく、ぶらぶらしている様子であったという。

家族はなく、店が潰れてからは、もっぱら競馬場や競艇場で過ごしていたようである。

2DKの室内は男の独り暮らしらしく荒涼としていた。

キッチンの流しには汚れた食器やレトルト食品のケースが山と積まれ、トラッシュは溢《あふ》れて室内に異臭が澱《よど》んでいる。

寝室には脂じみた万年床が敷かれている。

なにげなく押入れの襖《ふすま》を開けた野村が、うひゃっと女性的な悲鳴をあげた。

押入れの中に押し込まれていた汚れ物が崩れ落ちてきたのである。

「これじゃあ、女も寄りつかないね」

石井が呆《あき》れた口調で言った。

男やもめに蛆《うじ》が湧くと言うが、まさに蛆が湧きそうであった。

枕許《まくらもと》には雑誌やエロ本、吸い殻で溢れた灰皿や、空のカップ酒やスタンドなどがオンパレードしている。

石井はその中にあった一冊のメモを取り上げて、なにげなくページを開いた。

「おや、これは……」

石井がページに視線を固定した。

「なにかありましたか」

野村が石井の手許を覗《のぞ》き込んだ。

そこには次のような文字が記されている。

――決行日時、6．6．11PM、碁を打ちに来たと偽って玄関を開けさせ、屋内に上がり込んだ後、借金を返すと金を差し出して金庫を開放させる。

金槌《かなづち》と、現金運搬用にボストンバッグを用意。

逃走経路は地図のルートを経て、電車があれば小田急《おだきゅう》線狛江駅から電車利用、終電後であれば世田谷通りに出てタクシーを拾う――

「これはなにかの犯行計画書のようですね」

野村が言った。

「そのようだね」

「地図に朱線が記入してありますよ」

枕許に置いてあった地図の世田谷区と狛江市のページには、手帳の文字通り喜多見七丁目辺から和泉多摩川《いずみたまがわ》を結ぶ朱線が引いてある。

「小滝が轢き逃げされたのは朱線の上、朱線のスタート点《ポイント》と狛江駅の間です」

「朱線のスタート地点がこのメモに書かれている犯行計画の実行地ということになるのだろうね」

「朱線のスターティングポイントになにか事件が起きていませんか」

「スターティングポイントの喜多見は成城署の管轄だ。成城署に連絡すればなにかわかるかもしれない」

小滝の居宅から発見されたメモ帳に基づいて成城署に照会が行った。

すなわち六月七日午前五時、隣接の狛江署管内の岩戸南三丁目の路上で、若い男の轢き逃げ死体が発見され、彼の居宅に残されていた犯行計画書のようなメモに符合する喜多見七丁目でなにか該当事件が発生していないかというものである。

岩戸南は金田の家のある喜多見七丁目に隣接している地域である。

六月七日午前五時と言えば、金田が殺害されたと推定される犯行時間帯に極めて近い。折しも成城署では金田の死体が発見されて、捜査が開始されたところであった。

成城署では、狛江署が発見した小滝の犯行計画書に色めき立った。

犯行計画書には金田の名前は記入されていなかったが、決行日、逃走経路の起点、金田殺害の現場の状況などは、すべて小滝の犯行計画書に符合している。

小滝が金田を殺害し、金庫の中の金を奪った犯人である状況が極めて濃くなった。

もし小滝が犯人であるなら、逃走途上、轢き逃げされたことになる。

初期捜査、解剖結果、および狛江署から寄せられた資料を踏まえて、第一回の捜査会議が成城署において開かれた。

捜査会議には狛江署から石井と野村も出席した。

捜査会議では金田が殺された時間と場所に接近して発生した轢き逃げ事件の関連性の有無が検討された。

まだ小滝の身辺は洗っていないが、金田の身のまわりには小滝の資料は発見されていない。

「たまたま接近した場所と時間に発生した轢き逃げ事件だからといって、金田殺しに関連性があるとは言えないのではないか」

という意見が強い。

だが事件発生後、初期捜査の聞き込みに、小滝に似た男が何度か金田の家に出入りしているところを見たという近所の者の証言が寄せられて、俄然《がぜん》大勢が変わった。

まだ似ているというだけで、小滝本人と確かめられたわけではない。

仮に金田と小滝の間に関わりがあったとしても、小滝が金田殺しに関わっていたことにはならない。

小滝が事件に関わっていると仮定しても、金庫から消えた金が小滝の死体の周辺に発見されていない。

金田の家に出入りしていた者から、金庫には常時八千万から一億円近い金が保管されていたという証言が寄せられている。

一億円となれば一万円札でも十キロは超える。

「小滝が金田を殺した犯人と仮定して、金を持って逃走途上、轢き逃げされた。轢き逃げされてから第一発見者によって発見されるまで、多少の間隔があったと推定される。その間に現場に来合わせた者が金を持ち去った可能性がある」

という意見が出た。

ここにおいて小滝の死体が路面から路傍へ移動していた状況が意味を持ってきた。

石井は事故後、現場を通り合わせた者が交通の障害になるので、道路中央寄りから路傍に小滝を移したのではないかと推測したが、小滝が金田の金を持っていたとすれば、その死体の移動者が金を横奪り《よこど》（窃取）した可能性が生じてくる。

「轢き逃げ犯人が金を持ち去った可能性があるのではないか」

さらに新たな意見が促された。

いずれも小滝犯人の仮定の上に立っている意見である。

第一回の捜査会議では、小滝犯人説をひとまず保留して顔見知りの者による金目的の犯行と結論され、
①被害者から金を借りていた者
②被害者の家に出入りしていた者
③被害者と小滝友弘との関係の有無発見捜査
④凶器の発見
⑤犯人の地取り捜査
すなわち現場付近の居住者、定期的通行人、交通関係従業員、飲食店などの聞き込み、および道路、下水、空き地、空き家、神社・仏閣、畑などの検索、金庫の中身の金の発見が当初の捜査方針として決定された。

小滝が金田満之介を殺害した犯人であるとしても、金庫の中にあった金の行方は不明のままであった。

小滝が犯人であれば、轢き逃げされた彼の死体の近くに金が残っていなければならない。

犯行計画書に書かれたボストンバッグなど、死体を中心に捜査の輪を広げても発見されなかった。

第一発見者の新聞配達員が死体を発見したときは、そんなボストンバッグなどはなかったと言う。

彼がボストンバッグを取り込んだり、嘘をついたりするはずもない。

金は轢《ひ》き逃げ犯人、あるいは死体が発見されるまでの間に、現場に来合わせた何者かによって横奪りされた疑いが強くなった。

轢き逃げ犯と金の行方を追って、現場および小滝友弘の死体が綿密に検索された。現場に遺留されている加害車の積載物破片や塗料片、また死体に付着している可能性のある微物などから、加害車の車種が割り出されるかもしれない。

どんな微細な塗料片やガラスの破片、またタイヤ痕《こん》などの遺留資料があれば車種を割り出せる。

小滝は道路横断中、車と衝突し、まずバンパーに下腿部《かたいぶ》が接触してすくい上げられ、ボンネットに頭部、顔面を強く打ちつけた後、路上に叩《たた》きつけられた状況である。

死体には頭蓋骨骨折《ずがいこつ》、両大腿骨骨折《だいたいこつ》、顔面擦過傷等の損傷が認められる。左右下腿部が下三分の一の部位で脛骨《けいこつ》、腓骨《ひこつ》ともに折れていた。

死因は頭蓋骨骨折を伴う頭蓋内損傷。即死同然に死んだとおもわれる。

疾走中の車が前方に障害物を認めて急ブレーキをかけると、車体前部がかなり沈む。人間と衝突した場合、まず前部バンパーが歩行者の下腿部と接触し、腰部または臀部《でんぶ》がラジエーターカバーに衝突してボンネットの上にすくい上げられ、路上に叩きつけられる。

死因の頭蓋骨骨折は路上に落下した際に、顔面擦過傷は落下後バウンドして形成されたものと推測される。

死体にこれだけのダメージをあたえた加害車の車体もかなりの損傷を受けているはずである。

事故発生時、あるいはその後現場にかなり強い雨が降って、塗料抹や微物をおおかた洗い流してしまっていた。

だが小滝の死体に衝突した際に付着したとみられる塗料抹が発見された。

これを各メーカーの塗料見本データと照合して車種を割り出していく。

被疑車種の年式や塗装工程、塗色が割り出されれば、次は所有者名簿から車当たり捜査に移る。

修理工場、板金屋、塗装屋、また時には解体屋までをしらみ潰《つぶ》しに調べる。時間と根気のかかる捜査である。

小滝が金田殺しの犯人と確認されれば、成城署の事件《ヤマ》は解決し、捜査本部は解散される。

ほとんど捜査らしい捜査もしない間の事件解決、解散である。

捜査本部に参加したメンバーにとっては呆気《あっけ》ない幕切れとなる。

棟居《むねすえ》が、

「小滝が金田を殺して金を奪ったと仮定して、逃走途上に轢き逃げされたとします。このとき加害車の運転者が小滝が持っていた金を横奪りした可能性が考えられていますが、果たして轢き逃げ犯人に金を横奪りするだけの余裕があったでしょうか」

と疑問を呈した。

「すると、きみは轢き逃げ犯人が金を横奪りしたのではないと言うのかね」

那須が問うた。

「轢き逃げの動機は大雑把に、運転者が無免許、酒酔い、前歴者、犯罪に関与など脛《すね》に傷を持っている場合と、社会的地位や名誉に影響を受けるのを恐れたり、動転や驚愕《きょうがく》から逃げ出したりする場合に分けられます。

いずれの場合にしても、事故を起こしたとき、運転者は動転していたはずです。人を轢き殺して動転している運転者が、被害者が持っていた大金を横奪りして逃げようという気になるでしょうか」

「毒を食らわば皿までということもあるよ」

山路《やまじ》が口を挟んだ。

「轢き逃げ犯人が冷酷な人間で落ち着いていれば、被害者が持っていた鞄《かばん》に気がついて、毒を食らわば皿までと横奪りした可能性も考えられます。

しかし、そのためには加害者がいったん車を停止し、被害者の身近に歩み寄って、被害者の様子と鞄の中身を確かめなければなりません。

この間にほかの車両や通行人が来合わせれば、もはや逃げられません。逃げたところで目撃者がいては捕まる確率が高くなります。加害者が轢き逃げしたのは、目撃者がいないと判断したからでしょう。加害者が目撃される危険を冒して被害者の様子を確かめる確率は低いとおもいます。

ほとんどの加害者は轢いた直後、いったん車を停止、あるいは徐行するものの、路上にのびたまま動かない被害者の姿に、車から降りずに再発進、再加速して現場から逃げ去っています。つまり、轢き逃げ犯人にも金を横奪りするチャンスはありますが、それ以上に轢き逃げ犯人以外の通行人が金を横奪りした確率が高いと考えられます。

たまたま現場に通り合わせた通行人であれば、轢き逃げ犯人よりも罪の意識が少なく、轢き逃げによって宙に浮いた形の大金を横奪りできると考えます」

「独り暮らしの年寄りを殺して、その金を奪ったやつも悪いやつだが、天網恢恢《てんもうかいかい》疎にして漏らさず、犯人は轢き逃げされ、その金を横奪りした者がいるとすれば、漁夫の利ではなく天網の利と言うべきかな」

那須が言った。

「キャップ、それは網と漁夫をかけた洒落《しゃれ》ですか」

那須班の河西《かさい》が問うと、

「いや、天網ならば轢き逃げの加害者も金の窃取者も逃がさないはずだ。まだ金田殺しの犯人が小滝と確かめられたわけではない。小滝のメモに書かれていた犯罪計画が、たまたま金田が殺された状況に符合しているだけにすぎない。今後は狛江署と連絡を密に取り合い、金田と小滝の関係を掘り下げ、金田の債務者の洗い出し、現場周辺の聞き込み捜査をつづけてもらいたい」

那須は言った。

2

小滝友弘の身辺を掘り下げていくほどに、彼の容疑性は深まった。

小滝は新潟県村上《むらかみ》市出身、郷里には兄がいるが、現在は他人同然になっている。

地元の高校を卒業後上京し、さまざまな職業を転々としたらしいが、轢き逃げされて死ぬ少し前は、友人と共同出資してコンビニエンスストアを開いた。

ところが経営がおもわしくなく、友人に運転資金を持ち逃げされて、あえなく店が潰《つぶ》れた後は定職にも就かず、ギャンブルに日を過ごしていた。生前はサラ金で首がまわらなくなっていたようである。

家賃も数ヵ月溜《た》め、家主から追い立てを食っていた。

小滝と金田を結ぶ接点は発見されないが、小滝の住居から発見された犯行計画書は小滝の容疑を裏づける有力な資料である。

犯人が小滝と確定されても、小滝はすでに死んでいる。死んでいる犯人を確定するための捜査は虚《むな》しさを禁じえない。

だが、犯人が確定されない以上、捜査をやめるわけにはいかない。

犯人に加えて、消えた金庫の中身も追跡しなければならない。

都会の独り暮らしの老人を狙った犯罪。寂しい老後の唯一のよすがである金を奪うために老人を虫のように殺した。許すべからざる犯人である。

小滝が犯人であるなら、まさに天罰と言うべきであろう。

だが天罰を加えた形となった轢き逃げを許すわけにはいかない。

同時に、小滝が持っていた可能性が大きい金田老人の金を横領した人物も許せない。

轢き逃げの加害者、あるいは金の横奪り（窃取）犯人を突き止めれば、小滝の容疑を確定することができる。

狛江署の石井刑事らは加害車を割り出すために懸命な捜査をつづけている。

「小滝が犯人として、だれかに金を横奪りされたとしたら、その金を取り戻しても金田老人には身寄りがないので、その金はどうなるのでしょうね」

成城署の嶋田《しまだ》という若い刑事が棟居に問うた。

「結局、国庫に収まることになるだろうね」

「国庫と言っても漠然としていますす。なんだか探し甲斐《がい》がありませんね」

嶋田が釈然としない表情で言った。

「少なくとも横奪り犯人のものになるよりはましだよ」

「轢き逃げされた小滝の容疑については報道されています。もし横奪りした者がいれば、金の性質はわかっているはずです。それにもかかわらず沈黙しているのは、強盗殺人犯人以上に悪質です」

嶋田は義憤をおぼえているようである。

不毛の恋人

1

棟居弘一良《こういちろう》は久し振りに本宮桐子《もとみやきりこ》に会った。

「棟居さんが私に会うときは、よほど暇なときか、捜査が行きづまったときでしょう」

桐子が棟居の顔色を測るようにして苦笑した。

「わかるのかい」

「それはわかるわよ。どうせ、そんなときでもなければ、会ってくださらないんですもの」

桐子は少し拗《す》ねたような表情をした。

「そんなことはないさ。いつでもきみに会いたいと思っている。しかし、この仕事は……」

「わかっているわよ。犯人は待ってくれないと言うんでしょう」

「いや、それだけではない。ぼくの体が空くときは、きみの都合が悪い」

「あなたの体の空くときって、深夜の二時とか三時とか、夜明けごろでしょう。でも、そんな時間でも来いと言えば飛んで行くわ」

「そんな無理は言えないよ。無理をすると疲れてくる。このようにして久し振りに会ってもらえるだけでも、ぼくは充分幸せなんだ」

「もっと会えたら、もっと幸せになるわ。私、棟居さんに会うのに無理なんて少しもしていないわ」

「深夜でも、夜明けでもいいのかい」

「いいわよ。私のことをおもいだしたら、いつでも呼んでいただきたいわ」

「その言葉を聞いただけで充分幸せだよ。午前二時でも、午前五時でも、呼べばいつでも駆けつけてくれる女性がいるとおもうだけでも、身にあまる幸福だよ」

「女性……私は棟居さんにとって単なる女性なの」

桐子が不満げな表情をした。

「でも、女性でなければ、なんと言ったらいいんだい」

「そんなこと、私に言わせるの」

「女の子とかギャルとか言うのも、なんとなくきみにはそぐわないような気がするなあ」

「馬鹿、鈍感」

桐子が拗ねたように言って、棟居の胸の中に飛び込んで来た。

棟居に桐子の心がわからないわけではない。

だが、ここで桐子を受け入れると、新たな家族の候補者をつくることになってしまう。

棟居は家族が危難に陥っても守れない職業に就いている。

捜査本部に釘《くぎ》づけになっている間に妻子を殺された棟居は、もう二度と家族をつくるまいと決心している。

桐子を好ましいとおもっている。もう愛し始めているのかもしれない。

だが、彼女を愛してはならないと自戒している。

それにもかかわらず、捜査に行きづまったときや、荒涼たる独り暮らしに精神が渇いたとき桐子に会うのは、桐子に甘えているのであろう。

声をかければいつでも自分の許《もと》へ駆けつけてくれる魅力的な女性がいるとおもうだけで、危険に満ちている彼の人生に彩りと張りが生ずるのである。

たがいに好意を持ち合っている男と女としての関係を、いつまでも持続したい。

だが、そんな手前勝手な関係は、結局、桐子を悲しませることになるかもしれない。

「棟居さん、私って女としてそんなに魅力がないの」

桐子が怨《えん》ずるように棟居の胸の中で訴えた。

「きみが魅力がないって。だれがそんなことを言ったんだ」

「あなたよ」

「ぼくはそんなことを言ったおぼえはないぞ」

「言葉で言わなくても、態度で示しているじゃないの」

「ぼくはもう二度と家族を持たないと決心したんだ」

「だれがあなたの家族にしてくれと頼んだの」

「きみはぼくにとって家族以上に大切な存在だよ」

「家族以上に大切だったら、家族を持たないと決心した人が私に会うのは矛盾じゃないの」

桐子に指摘されて、棟居は言葉に詰まった。

もともと棟居にとっては桐子の存在自体が矛盾なのである。

だからといって、もはや現在の棟居にとって、桐子の存在を疎外することは考えられない。

「ごめんね。棟居さんをあまり困らせてはいけないわ。こうやって七夕デートでも会ってくださるだけで、私は充分幸せよ」

桐子はいたずらを含んだような目で笑った。

棟居の当惑を見透かしながら、拗ねてみせたのである。

「ぼくにはきみの恋人としての資格はない。資格がないから言えなかった」

「資格なんかなくてもいいのよ。恋人に資格なんかいらない。このように時どき会ってくださるだけで充分だわ」

「つくづく刑事とは非人間的な職業だとおもうよ。しかし、だれかがその仕事をしなければ、社会の人々は安心して生活していけない。

自分一人が非人間的なのは我慢できるとしても、家族やきみにそれを強制することはできない。もう充分強制しているけれどね」

「社会を守るために非人間的なお仕事に耐えているあなたを、少しでもお手伝いしたいの」

「こうやって会ってくれることが、なによりの援助と励ましになるよ」

桐子の愛に応《こた》えたいとおもう。棟居も健康な壮年の男である。桐子のような若く魅力的な女性から明らかな好意を打ち明けられて、あえてストイックに身を律するのはつらい。

一日の捜査に疲れ、深夜だれも待つ者もいない暗い家に帰って、独り寝の万年床で桐子を想って悶々《もんもん》と寝つかれないこともある。

だが、棟居は妻子を行きずりの凶賊によって殺害された傷から立ち直っていなかった。彼の心の深所で傷口はいまも開いて、血を流しつづけている。

この傷が癒《いや》されるまでは、桐子と新しい愛をスタートしようという気持ちになれない。桐子との愛はすでにスタートしている。彼女と愛し合うことによって、古い傷口は癒されるであろう。

だが、棟居は心の一方ではその傷口を癒すことを拒否していた。

自分の不在の間にかけがえのない存在を殺され、ささやかな家庭を破壊された棟居の怒りを風化させてはならない。

その怒りこそが、危険で報われることの少ないこの仕事に身を挺《てい》する原動力となっているのである。

桐子と稀《まれ》に会うことは、棟居の愛の形であるが、その愛を確かめようとしたり、達成しようとしたりしてはならないと自分を戒めている。

意味のない誓いと抑制であるかもしれないが、棟居は頑《かたく》なにその二つを自分に課していた。

桐子はいずれ棟居から去って行くにちがいない。棟居の決して約束しない曖昧《あいまい》な愛の形に、桐子を縛りつけておくことはできない。

だが、そのときまで桐子と会えることが、棟居の救いと励ましになっていた。

一方では、心に深く穿《うが》たれた傷口を癒すことを拒みながら、他方では桐子から癒しと励ましを得ようとしている。

そんな矛盾が棟居の愛の形であり、二人の交際のスタイルとなっている。しかも、棟居がそれを桐子に強制している。

久し振りに二人で会って食事をし、時間があればコンサートへ行ったり、映画を観たりもする。

世間並みの恋人同士となんら変わるところはないが、それ以上に発展することはない。ある意味では不毛の恋人関係である。

だが、発展がなくとも二人は充分に楽しかった。

棟居に桐子に対する野心がないことも、二人の楽しさを阻害しない。

2

「お仕事が行きづまっているのね」

食事をしながら、とりとめもない楽しい話題が弾んで一段落した後、桐子が棟居の顔を覗《のぞ》き込んだ。

「どうやら犯人が死んでしまったようでね」

「犯人が死んだ……？」

棟居は独居老人殺害事件の捜査の経緯を簡単に打ち明けた。

捜査員たるもの、捜査の秘密を安易にリークすべきではないが、桐子の意見は時として膠着《こうちゃく》した捜査に新たな進路を開くヒントをあたえてくれる。

「犯人が死んでしまっては、逮捕できないわね」

「犯人が天罰を受けたとしても、刑事の心理としては犯人に生き返ってもらいたいくらいだよ」

「刑事でなくても同感よ。悪いことをしたまま、その罪を償うこともなくあの世へ逝ってしまったのでは、犯人に殺された被害者は浮かばれないわ。轢《ひ》き逃げされた強盗殺人の犯人はきっと天罰を受けたという意識もなかったかもしれなくてよ」

「そうなんだよ。罰にしろ償いにしろ、犯人にその意識があって初めて罰や償いになる。即死同然に轢き殺されてしまったのでは、犯人が意識する間もなかったはずだ」

「まだ犯人と確定したわけではないのでしょう」

「容疑は極めて濃いが、犯人と断定されたわけではないよ」

「問題は、犯人なら持っていたはずのお金を横奪《よこど》りした者の行方ね」

「そうだ。金の行方が突き止められれば、轢き逃げ被害者が犯人であることも確定される。だが、いまのところ轢き逃げ犯人も、金を横奪りした者も皆目不明だよ」

「轢き逃げ犯人が金を持ち逃げした可能性はどうなの」

「もちろんその可能性も捨てられない。轢き逃げ犯以外の人間が金を横奪りしたとしたら、横奪り犯人は事件捜査の報道に注目していて、お金の出所が殺された老人のものだということを知ったはずだがね」

当然、報道には注意しているだろう。

「いったん横奪りしたものの、お金の出所がわかって返しに来ないものかしら」

「あれからだいぶ日数が経過しているが、金を返して来た者はいない」

「事件が発生したのは深夜でしょう。そんな時間帯に現場付近を通りかかった者は、その近くに住んでいる者ではないかしら」

「そうとは限らない。たまたま車でその時間帯、現場付近を通りかかった者かもしれない」

「車で轢き逃げ現場を通りかかり、轢き逃げの被害者を発見したものの、かたわらに落ちていた金を見つけて悪心を起こし、警察に通報せず、金だけ奪って逃げ出したという想定ね。被害金額はどのくらいなの」

「八千万円から一億円ぐらいあったのではないかと推測されている」

「一億円というと、かなりの重さになるでしょうね」

「銀行に問い合わせたところ、古札で十キロは超えるそうだよ」

「轢き逃げ被害者が老人を殺して金を奪った犯人なら、鞄《かばん》を用意していたはずね」

「まあ、用意していただろうね」

「横奪りした人間は鞄ごと持ち去ったのでしょうね」

「そういうことになるね」

「私、いまふっとおもったんだけれど、横奪り犯人は一人と限定されたわけではないんでしょう」

「そうだよ」

と答えながらも、棟居は盲点を衝《つ》かれたような気がした。

横奪り犯人がいたとすれば、単独と断定されたわけではないが、いつの間にかそのような意識になっている。

「仮に横奪りした者が複数であれば、たまたま現場に通り合わせただけだから、鞄など用意しているはずはないわね。お金を横奪り犯人たちで山分けしたとしても、鞄は一つしかないから、鞄の行き渡らない者はどのようにしてお金を運んだのかしら」

「それは小滝が用意していたかもしれない鞄で安全圏まで運んでから、金を分けたんだろう。また横奪り犯人が車で通り合わせていれば、鞄が足りなくても問題はない」

「あっ、そうか。私って馬鹿みたい」

桐子が頭をかいて恥ずかしそうに笑った。

「待てよ。桐子さん、あなた、なにを考えていたんだ」

棟居はふと問い返した。

「なにをって、なにを」

「横奪りした金を山分けにしたら、鞄が足りなくなるという発想は、横奪り犯人複数が偶然現場に来合わせたという意識があったからだろう」

「そう言われてみればそうかもしれないわ」

「きみに言われて気がついたんだが、それは充分あり得る可能性だよ。横奪りした者は一人と断定されたわけではないし、複数であったとしても、複数の間に人間関係があったとは限らない。未知の人間同士が現場に来合わせて金を山分けしたという可能性も充分にあり得る」

「でも、ちょっと突飛な発想だわね。深夜、通行車や通行人が絶えていたから轢き逃げも発生し、横奪りもできたんだとおもうわ。そんな寂しい現場に複数の横奪り犯人がたまたま来合わせたというのは……」

「捜査員としてはそういう可能性も視野に入れておくべきだとおもう」

「少しは傍目八目《おかめはちもく》になったのかしら」

「充分ね」

「おかめはおかめでも、お多福のおかめね」

「きみをお多福なんてだれが言った」

「私のこと、少しは綺麗《きれい》だとおもってくださるの」

推理を追っていた桐子の目が女っぽくなった。

「きみはぼくにとって世界で最も美しい女性だよ」

「いくらなんでも褒めすぎよ」

それでも桐子は嬉《うれ》しそうに頬を薄く染めた。

「この事件は小滝が金田老人を殺害した犯人であれば、二重構造になっている。すなわち金田老人を殺して金を奪い、逃げる途中轢き逃げに遭って、その金を横奪りされた。殺害犯人と金の横奪り犯人が二重に存在することになる。もし轢き逃げ犯人と横奪り犯人が別人であれば、三重の構造になる。

轢き逃げ犯の捜査は狛江署が担当しているが、地の果てまでも追いかけて行くという執念を燃やしているよ」

「早く事件が解決するといいわ」

「事件が解決したら、また桐子さんと一緒に山へ登りたいな」

「本当。いまから棟居さんと登る山を探しておくわ」

桐子の薄く紅潮した面《おもて》が輝いた。

尊い喪失

1

松葉絵里子は瀬川幹一と結婚した。

瀬川は学究肌の真面目一方の男であったが、その真面目な性格そのままに、絵里子をひたむきに愛してくれた。

これまで絵里子がつき合ってきた恰好《かっこう》だけがいい空疎な男たちとちがって、不器用ではあるが中身があった。

瀬川は絵里子に彼女の興味を惹《ひ》きそうなさまざまな植物の話をしてくれた。

「ぼくたちのような夫婦をうどとにしんと言うんだよ」

瀬川はにやにやしながら言った。

「それ、どういう意味」

「うどの成分は酢で中和されるので酢の物によく合う。うどの酢の物ににしんを添えると、一層両方の味が引き立つところから、夫婦仲のよいことを言うんだ」

「どちらがうどで、どちらがにしんなの」

「どちらでもいいさ。相性がいいんだからね」

「でも、うどの大木と言うように、うどは無用の長物の代表みたいでいやだわ」

「それは誤解だよ。うどにはアスパラギン酸が多量に含まれていて、疲労回復にとてもよく効く。無用どころか、とても有用な植物だよ」

またあるときは、

「コロンブスがアメリカ大陸を発見したとき、原住民がゴムの樹のような植物から出てくる樹脂を塗り固めて噛《か》んでいるのを見たそうだよ。これがチューインガムの始まりだそうだ。この樹はサポジラといってね、この樹が出す乳液がチクルというチューインガムの原料となるんだよ。チョコレートの原料はカカオ、アイスクリームはバニラ、砂糖はサトウキビ、あんこは小豆《あずき》、寒天は天草《てんぐさ》。植物はいろいろお菓子の原料を人間に提供してくれる。

お菓子だけではなく、口紅や染料の原料になる植物もある」

「そう言えば日本人が主食にしてきたお米も植物だわね」

「草食性の日本人にとって肉食性の欧米人種より、植物は一層身近な存在なんだ」

初めて瀬川とヴァティカンで言葉を交わしたとき、展示作品を肉食性だと評したのをおもいだした。

「うどの大木でおもいだしたが、こんにゃくはなんの味も栄養もなく、消化もされずに身体を素通りしてしまうのによく食べられる。一見役立たずのようだが、お腹をきれいに掃除してくれる。花は六年目に咲くが、とてもくさいので、花の咲く前、四年目に収穫してしまう。人間の都合で花を咲かせてもらえず、体内の掃除ばかりさせられている」

「でも、こんにゃくがなかったらおでんができないわね」

「そうだよ。地味な植物だが、人間、特に日本人には深く関わっている植物だ。しかし、このこんにゃくが戦時中、風船爆弾の製造に利用されたことを知っている人は少ないね」

「爆弾に使われたの」

「こんにゃくの粉は防水効果があって、これを用いてつくった風船爆弾を太平洋上空のジェット気流に乗せて、アメリカ本土を直撃しようとしたんだよ。世界の戦史上、最も幼稚な作戦と言われて戦果はなかったけれど、実はこの風船爆弾の正体については、一部学者の間に密《ひそ》かにささやかれている噂があるんだ」

瀬川が思わせぶりに言った。

「どんな噂」

「風船に搭載した爆弾は普通の爆弾ではなく、細菌爆弾だったという噂なんだ」

「細菌」

「ウイルスさ。ペストやコレラのような凶悪な細菌を風船爆弾として米本土に送り込めば、戦史上、最も幼稚な作戦どころか、最も凶悪で恐るべき作戦となる。平和的で日本人の食生活に深く関わっているこんにゃくが、凶悪な兵器として利用されたんだ」

「こんにゃくにそんな怖い側面があったなんて、知らなかったわ」

「こんにゃくが悪いんじゃないよ。人間がこんにゃくを悪用したんだ。こんにゃくにとってはいい迷惑だったろうよ。

しかし、人間に有用な植物だけではなく、害悪をもたらす植物もある。たとえばトリカブトは鎮静剤や鎮痛剤として用いられる一方、これを不用意に食べると中毒、あるいは死に至る」

「トリカブトを使って人を殺す推理小説を読んだことがあるわ」

「ケシから阿片《あへん》、コカからはコカインが取れる。大麻も覚醒《かくせい》作用がある」

「麻薬は植物性だわね」

「麻薬は魔の薬でもあるが、鎮痛剤や鎮静剤として医療上なくては困る。人間にとって両刃《もろは》の剣《つるぎ》だね。動物に害をなす植物もあるよ」

「テレビで虫を捕まえる植物も見たことがあるわ」

「ウツボカズラやハエジゴクだろう。ムジナモ（貉藻）という植物は水の上に浮かんでいて、水中の小虫を捕らえて食べてしまう。ライオンゴロシという凄《すご》い植物もある」

「植物がライオンを殺すの」

「そうだよ。その名の通りライオンを殺してしまう。忍者のまき菱《びし》が集まったような形をしていて、先端に鉤《かぎ》状の刺《とげ》が付いている。ライオンがこの上を歩くと、鉤状の刺が足に突き刺さり、歩くたびに肉の中に深く食い込んでいく。苦痛に耐えかねたライオンが口で鉤状の刺を抜こうとすると、今度は口腔《こうこう》内に刺が移って獲物を食べられなくなる。小さな植物が百獣の王ライオンを殺してしまうんだ。突き刺さったときはちくりとしてわずかな痛みしか感じないが、次第にじわじわと体の深くへ入っていって、ついに息の根を止めてしまう。恐ろしい植物だよ。

ライオンだけでなく、この植物を踏んだ動物はみんな死んでしまう。ゾウゴロシ、サイゴロシ、トラゴロシにもなる」

「人間が踏んだら、人間も殺されてしまうかしら」

「幸いに日本にはないが、密入国して来たら大変だね」

瀬川は笑った。

瀬川からライオンゴロシの話を聞いたとき、絵里子はふと不安に駆られた。

結婚前、鮫島と名乗った男と一夜の情を交わした。

つき合っていた矢代にすっぽかされた腹いせからの行きずりの情事であったが、そのまま終われば一夜のアバンチュールとして忘れられる性質のプレイにすぎなかった。

だが、ホテルを出て、気まぐれに友人を訪ねようとした路上で轢《ひ》き逃げに遭遇して、被害者が携えていた大金を鮫島と山分けした。その金のおかげで窮地を逃れることができた。

その後の報道で、轢き逃げ被害者は独り暮らしの老人を殺害して金を奪った容疑者であることがわかった。

被害者の鞄《かばん》の中には金と共に血にまみれた金槌《かなづち》が入っていた。絵里子は結婚前に金槌を海に捨てた。だが凶器を捨てても、金の犯罪性が禊《みそ》ぎをされたことにはならない。

もし轢き逃げ被害者が強盗殺人犯であれば、絵里子は独り暮らしの老人の血にまみれた金を横奪《よこど》りしたことになる。

絵里子が報道に接したときは、すでにその金で穴を埋めた後であった。

仮に埋める前であったとしても、半額しか彼女の手許《てもと》にはなかった。

行きずりの男と山分けしたと弁明しても、とうてい通用しないであろう。下手をすれば、絵里子が強盗殺人の犯人に仕立て上げられてしまう。

いまの瀬川の話で、窮地をしのいでくれたこの金が、ライオンゴロシのように将来体内に深く食い込んで、この幸せを破壊するのではないだろうかという不安に襲われた。

そんなはずはない。金は絵里子の窮地を救ってくれた上に、瀬川に会わせてくれた。ライオンゴロシならば踏みしめた瞬間に痛みをおぼえるはずであるが、その金は痛みどころか絵里子を救い、幸福をもたらしてくれた。

殺された老人の金であったとしても、老人と絵里子を結びつけるものはなにもない。

山分けした鮫島だけが知っているが、鮫島も絵里子の素性と現在の住所を知らない。

鮫島に対しては偽名を使っている。

絵里子も鮫島の居所を知らない。鮫島という名前と、名刺に刷られていた映像作家という肩書もどうせでたらめであろう。

鮫島と別れた後、彼がくれた名刺の電話を念のために確かめてみた。案の定、この電話は現在使われておりませんという機械的な声が返ってきた。

絵里子はすでに鮫島の顔をおもいだせない。一夜の強烈な官能を彼女の身体に刻みつけて行ったが、瀬川によって跡形もなく消されてしまった。

仮に鮫島が目の前に現われても、見分けられないであろう。

結婚して、絵里子も様子が変わった。鮫島にも同じことが言えるかもしれない。

ホテルで別れしな、また金を山分けして別れるとき、「別れた後は赤の他人だ、二度と会わないし、仮にどこかで出会ったとしても忘れている」と告げ、鮫島も「一夜の夢として忘れよう」と言った。

絵里子と鮫島は行きずりの情事のパートナーであると同時に、強盗殺人の金を山分けした共犯者である。

いや、まだ強盗殺人の金と確定したわけではない。轢き逃げされた小滝という被害者はあくまでも容疑者である。

犯人として確定しない限り、小滝が持っていた金は老人の金と決められない。べつの性質の金かもしれないのである。

金の性質にかかわらず、横奪り（窃取）の罪質は同じであるが、老人の血にまみれた金ではない方が多少気持ちが救われる。

絵里子は穴を埋めてあまった金を、結婚後、瀬川に内緒で持っていた。

犯罪で得た金を夫婦の共有財産としては、夫まで汚してしまうような気がした。

将来、この金で夫を救えるような事態が生ずれば喜んで提供するが、必要ない限り、秘密の金として隠しておくつもりである。

瀬川は貧乏な植物学者であるが、夫婦の暮らしが立ち行かないほどではない。贅沢《ぜいたく》をしなければ世間並みの暮らしはできる。

ローンではあるが、小さな庭付きの一戸建ての家を新居として購入した。

家の中はたちまち夥《おびただ》しい植物の標本で満杯になった。

猫の額のような庭はミニ植物園となった。

珍種の植物が植えられているので、自分の家の庭だからといってうっかり歩けない。

瀬川にとって最大の敵は小鳥である。丹精してようやく珍しい植物に花を咲かせたとおもったら、小鳥が飛んで来て、一朝にしてみなついばんでしまった。

庭に入り込んで来る猫も危険な敵である。猫の排泄《はいせつ》物がデリケートな植物に害をなす危険があるからである。

「庭にトリゴロシやネコゴロシのような植物を植えられないかしら」

「それこそ人間の勝手というものだよ。鳥にも猫にも生きる権利がある。第一、我が家の庭にそんな剣呑《けんのん》な植物があったら、我々が殺されてしまう」

瀬川が苦笑した。

彼のなにげない言葉が、絵里子が隠し持っている秘密の金の存在を言い当てたような気がして、彼女はぎょっとした。

2

矢代昭は独居老人強盗殺人事件の報道に接したとき、極めて無関心に見聞き過ごしていた。

気の毒だとはおもうが、自分には関わりのないことである。七十八歳といえば、年齢に不足はあるまい。

もう充分生きた後殺されたのであるから、子供や若者や、一家の大黒柱が不当に命を奪われたのよりは同情をそそられない。

老後の金を奪ったやつは憎いが、あの世へ金を持って行けるわけでもない。曖昧《あいまい》な国庫に納められても、強盗に奪われても、矢代にとっては同じようなことである。

だが、独居老人強盗殺人事件に相次いで同日早朝、現場からあまり離れていない場所で発生した轢《ひ》き逃げ事件が報道されて、矢代は心に引っかかるものをおぼえた。

当初、なぜ引っかかったのかわからなかった。

轢き逃げ事件は狛江市域で発生した。発生地の地名に淡い記憶があった。

どこかで聞いている名前であるが、いつ、どこで聞いたかおもいだせない。

自分の人生のどこかにわずかに引っかかっている地名であるが、なぜ引っかかったのかおもいだせない。

過去のどこかで無関心に通過した土地かもしれないが、無関心にしては引っかかり具合が気になった。

その種の気がかりは、間もなく忘れられていくものであるが、時間が経過するほどに気がかりはしこりとなって胸に張りついてくるようである。

報道された地点を地図で確かめた矢代は、しこりを解くために現地へ行ってみることにした。

老舗《しにせ》料亭の入婿におさまった矢代は、以前のように自由がきかなくなった。

料亭の仕事は夜であるが、午前十一時ごろから従業員が仕込みに入る。

経営者としては、それ以前に常にスタンバイしていなければならない。老舗だけに政財界の要人も多い。

当初は逆玉の輿《こし》と舞い上がっていたが、VIP揃いの客や、頭が上がらない妻とその一族に対する気遣いで、ほっとする間もなかった。

婿養子の身分では板前や古くからいる仲居にも頭が上がらない。

包丁一本の板前は治外法権地域で、主人といえども口出しできない。

彼らは矢代を主人の一族とは見なさず、主人の娘をたぶらかして入り込んで来たエイリアンのように見ている。

以前の自由気ままなサラリーマン時代が懐かしくおもわれることもあったが、

（いまにみていろ。この家の縁の下の蜘蛛《くも》の巣までおれのものだ）

と自分に言い聞かせて辛抱していた。

そんな身分では、わずかな時間を脱け出すのも口実をかまえなければならない。郷里の友人が出て来たという理由をつけて店を脱け出してきた矢代は、タクシーを飛ばして報道された地点へ行った。

現場は世田谷区との境界に近い狛江市域で、昔ながらの古い家の間に新築のマンションやアパートが割り込んでいる。

東京の怒濤《どとう》のような膨張の前に、風前の灯《ともしび》の空き地がところどころに見える。住宅街の中をやや広い通りが走っている。昼間はけっこう車の通行があるが、夜間は通行車が途切れることもあるかもしれない。

その間隙《かんげき》に轢き逃げ事件が発生したのであろう。

見当をつけてタクシーを降り、近所の者に聞き合わせて探し当てた地点は、すでに被害者の位置マークも消えて、事故の形跡はまったく残されていなかった。

現場に立っては見たものの、界隈《かいわい》の風景にまったく記憶はない。

なぜ、こんな土地の表示が彼の記憶を刺激したのか。

気がかりを解くために出かけて来たが、無駄足であった。

矢代はばかばかしくなった。妙な好奇心に駆られて貴重な時間を空費してしまった。せっかく口実をかまえて久し振りに脱け出したのであるから、もう少し気の利いた時間の使い方をすべきであったと悔やんだが、後の祭りである。客の入り込みの始まる午後六時ごろまでには店に帰っていなければならない。無駄足と悟って、矢代は急に気ぜわしくなった。

矢代は帰途の車を探した。すぐにつかまるとおもって車を帰してしまったが、この界隈にはタクシーは通りかからない。

いまになって、車を帰すべきではなかったと悔やんだ。

地図で確かめたところでは、小田急線の狛江駅までさしたる距離はない。

こんなところで時間を失っているより、駅まで歩いた方が早そうだと判断した。

通りかかった近くの住人に駅の方角を聞いて歩き出した。

家並みはけっこう建てこんでいるが、人影は疎《まば》らである。

駅へ近づいている気配はわかったが、人影はあまり増えない。

駅の方角から若い女が歩いて来た。花柄模様の軽快なワンピースを着た髪の長い女である。

すれちがいざま、二人の視線が合った。矢代は女の顔に淡い記憶があるような気がしたが、よくある手の顔なので、矢代の知っているだれかに似ているのかもしれない。はて、だれに似ていたのかなと記憶を探っている間にすれちがった。

数歩行きかけてから振り返った。同時に女も振り返った。矢代は慌てて目を逸《そ》らしたが、女の方から声をかけてきた。

「あの、矢代さんではありませんか」

彼の名前を知っているところを見ると、他人の空似ではなく、彼を知っているのであろう。

「申し訳ありません。あなたは……」

女は矢代を知っているのに、彼は相手の素性をおもいだせない。

「お見忘れのようですね。前に一度お会いしたことがあります。絵里子に紹介された田《た》崎《ざき》美《み》代《よ》子《こ》です」

「絵里子に紹介……ああ、絵里子のご友人の田崎さんでしたか。大変失礼しました。あのときとすっかりご様子が変わっていたものですから、お見それしました」

矢代は女の素性をおもいだした。松葉絵里子の友人で、絵里子に連れられて彼女の家へ一度遊びに行ったことがあった。

「あなたはこのご近所にお住まいでしたね」

「おぼえていらっしゃいましたか。あの汚いアパートにいまでも住んでいます。絵里子はさっさと玉の輿に乗ってしまいましたけれど、私は相変わらず売れ残っています」

田崎美代子が笑って、

「この近くになにかご用事でも」

その表情が詮索《せんさく》した。

「ちょっとやぼ用がありまして、この近くにあなたがお住まいだということをすっかり忘れていました」

矢代は田崎美代子の問いかけをいなした。

このとき矢代は、轢き逃げ事件が心に引っかかった理由がわかった。

轢き逃げの事件記事に記憶があったのは、松葉絵里子に誘われて田崎美代子の家を訪ねたことがあったからである。

轢き逃げ現場は美代子の家の近くであった。

「その後、絵里子にお会いになっていますか」

「いいえ、全然。新しい旦那《だんな》様に夢中で、私のことなんかおもいだす暇はないのよ」

田崎美代子は苦笑した。

矢代は問うた。

「絵里子は結婚したのですか」

初耳であった。

「つい最近のことよ。旦那様は植物学者だと聞いたわ。玉の輿ね」

「あなたも結婚式に出席されたのですか」

「いいえ、招待状が来なかったのよ。必ず結婚式に呼び合おうと約束していたのに、きれいに忘れちゃったみたい。結婚したという噂も、風の便りに聞いたくらいだから。矢代さんは絵里子の結婚式に出なかったのですか」

「いくら図々《ずうずう》しくても、ぼくは出られませんよ」

今度は矢代が苦笑する番である。

「そうね。私は矢代さんと絵里子がてっきり結婚するとおもっていたわ」

「いろいろと事情がありましてね」

「そうね、それで、矢代さんはいまはどちらに」

美代子は矢代が料亭の若旦那におさまったことを知らないようである。知らなければあえて説明する必要はない。

「私もその後、結婚しまして」

田崎美代子は矢代が結婚したと聞いて、急速に興味を失ったような表情をした。

3

田崎美代子と別れて、狛江駅から電車に乗った矢代は、絵里子に連れられて田崎を訪問したときの場面を想起した。

同郷・同学の友で、ほぼ前後して上京したと紹介された。

当時、矢代と知り合って間もなくであった絵里子は、矢代が自慢であったらしく、美代子に矢代を見せたかったらしい。

美代子の住居は変わっていない。それほどの友人を、なぜ約束を破って結婚式に招待しなかったのか。

その後、矢代の知らないところで、絵里子と美代子の間になにか気まずい事情が発生したのかもしれない。

矢代は田崎美代子の住居の近くで轢《ひ》き逃げ事件が発生した事実が気になった。

そう言えば、田崎美代子の話によれば、絵里子が結婚したのは事件の発生後二ヵ月である。事件と絵里子の結婚を結びつけるのは短絡であろうか。

田崎美代子はこの一年ほど絵里子に会っていないと言っていた。彼女が矢代に対して嘘をつく必要はない。

絵里子と美代子の関係が疎遠になっていれば、美代子の住居の近くでなにが発生しようと絵里子には関係のないことである。

だが、二人の間につながりが持続していれば、絵里子が事件を目撃した可能性も生ずる。

いや、それは考えすぎである。

疎遠になった友人の家を訪ねるとしても、事故発生時点に来合わせるとは限らない。

それこそいらざる詮索と言うべきであろう。

だが、現場を訪ねて田崎美代子に出会ったことが、忘れたはずの昔の女を想い起こさせた。

現在の妻と知り合って、松葉絵里子を古草履のように捨てたが、いまにしてその選択を悔いている。

老舗《しにせ》料亭の若旦那の座は一見逆玉の輿《こし》であるが、妻には頭が上がらず、一片の自由もない。

重大な選択のミスを犯したような気がしてならない。

宝石とがらくたを取り替えてしまったのではないだろうか。

絵里子は矢代にこの上なく忠実な女であった。単に性的に奉仕してくれただけではない。矢代のために貯金をはたき、会社の金にまで手をつけてまわしてくれた。

アリババに対するモルジアナのように、矢代を絶対的な主人として崇《あが》め、彼の窮地を何度も救ってくれた。

絵里子とつき合っていた間は彼女の海のような愛情の中に溺《おぼ》れて、そのよさがわからなかった。

彼女の愛情に飽和していたのである。

それがいま、彼女から断ち切られて飽和した愛の一片すらも失われてしまった。

失ったものの尊さが失った後にわかった。

田崎美代子に遭遇したことが、矢代昭の胸に複雑な波紋を広げた。

幸福のブラックホール

1

独居老人強盗殺人事件の捜査は膠着《こうちゃく》していた。

轢き逃げ被害者の小滝友弘の容疑は濃厚であったが、本人の自供は得られなくなっている。金庫の中身の金の行方も不明のままであった。

狛江署の轢き逃げ事件の捜査も行きづまっている模様である。

棟居は独り暮らしの老人を殺害した犯人が天網に引っかかって轢き逃げされたとしても、老人の金を横奪《よこど》りした犯人を許せないおもいである。

その犯人を突き止め、金を取り戻したところで、老人の生命が返るわけでもないし、身寄りのない老人の金は宙に浮いてしまう。

それでもその金を取り戻してやりたかった。

そうしなければ、殺された被害者の無念は鎮まらないであろう。

老人は近所の人間に、自分の財産は葬式費用に当て、あまった分は福祉施設に寄付したいと常々言っていたそうである。

金を取り戻し、せめて老人の納得のいくような用途に充ててやりたい。取り戻した金の用途にまで一介の捜査員は介入できないが、少なくとも強盗や横奪り犯人に奪われたままでいるよりはましであろう。

絵里子は幸せであった。

瀬川幹一と結婚して、自分がようやくおさまるべきところにおさまった安定感を得ていた。

瀬川と出会う前につき合っていた矢代昭や、それ以前に彼女の身体を通り過ぎていった何人かの男たちが、いまや顔もおもいだせないほどに霞《かす》んでいる。

瀬川以前の男たちは、夢の中で出会ったかのように実体感に欠けていた。

男たちの遺物として一つだけしたたかな実体を持っているものがあった。

それが鮫島邦夫と名乗った男と山分けにした四千五百万円の金である。

鮫島の顔は霞んでいても、その金は確実な存在として残っている。

その金がある限り、鮫島との一夜は夢ではない。鮫島の実体は彼女の記憶の中で霞んでいながら、彼と山分けした金、それも悪い金が鮫島の存在を事実として主張している。

だが、絵里子はその金を捨てることはできない。いまさら捨てるくらいなら、あのとき鮫島から山分け話を持ちかけられたとき、断るべきであった。

それに、返したくとも金の一部を彼女があけた穴埋めに使ってしまった。いまさら返すに返せない。

血にまみれた悪銭によって窮地を救われた絵里子は、金を追いかけて来る足音に怯《おび》えていた。

瀬川との幸福に埋没しながらも、ふとその足音を聞くことがある。

ひたひたと彼女の背後から執拗《しつよう》に追って来る足音。

幸福のカプセルに包まれていても、その足音がカプセルのかなたから聞こえてくる。

ある日突然、カプセルの内部に侵入して、背後から肩をつかまれそうな気がする。

そんなことがあり得るはずはない、と自分に言い聞かせながらも、不安を振るい落とすことができない。

鮫島とはあの夜別れたきりである。殺された老人と絵里子をつなぐものはなにもない。

（きっと私はあまりに幸せすぎて、不安を無理やりつくりだそうとしているんだわ）

そういう症状を不安神経症と呼ぶことを、新聞の医学欄で読んだことがあった。

幸福の絶頂にいる者は、その幸福を失うのを恐れるあまり不安を創造するという。

結婚式には、絵里子はごく限られた友人しか招かなかった。また新居の住所も結婚式に出席した友人にだけおしえた。

その友人の中に田崎美代子は含まれていない。

美代子は同郷・同学の友人で、絵里子の人脈の中では最も交際歴の長い親しい友人である。

その彼女を結婚式から疎外し、新居の住所も連絡しなかったのは、あの夜の現場が美代子の住居の近くだったからである。

ただ近いというだけではなく、ふとおもい立って彼女の家を訪問しようとした途上、轢き逃げ事故現場に行き合わせて、金を鮫島と山分けする羽目になった。

美代子がそのいきさつを知るはずはないとおもうものの、絵里子にとって危険なスポットの近くに住んでいる美代子を、なんとなく敬遠したい心理になっていた。

後で美代子が、絵里子が結婚したのを知り、結婚式にも招かなければ新居も連絡しないことを怨《うら》むであろう。

だが、もう美代子と二度と会うことはあるまい。過去どんなに親しくても、現在は相互に関わりのない人間になってしまった。

絵里子は田崎美代子との交際を断つことによって、意識下で過去を遮断しようとしていた。

結婚して約一年後、絵里子の許《もと》に一本の電話がかかってきた。

なにげなく受話器を取り上げると、聞きおぼえのある声が話しかけてきた。

「絵里子、ひどいじゃないの。私になにも言わずに結婚してしまうなんて」

受話器からいきなり怨《えん》ずるような声をかけられて、絵里子はぎょっとした。

田崎美代子の声であった。

「もしもし、絵里子、聞いているの」

受話器を耳に当てたままおもわず立ちすくんでしまった絵里子に、美代子はなおも語りかけてきた。

「ごめんなさい。ごく内輪でやったのよ」

絵里子はようやく受話器に応答した。

「それにしては、夕子《ゆうこ》や昌子《まさこ》も呼んだそうじゃないの。私だけ仲間外れにして、ひどいわ」

美代子は共通の友人の名前を挙げた。

夕子も昌子も同郷の友人で、上京後、友人グループを結成している。

「ごめんなさいね。美代子だけ仲間外れにしたつもりはないんだけれど、急に話がまとまったので、間に合わなかったのよ」

絵里子はしどろもどろになって釈明した。

「いいのよ。結婚前、私の方もご無沙汰《ぶさた》していたものね。この間、偶然に昌子から電話があって、絵里子の電話番号を聞いたものだから、懐かしくなってつい電話しちゃったのよ。元気そうだわね」

美代子はべつにこだわっていないようである。

ほっとして絵里子は、

「本当にごめんね。その後、何度か電話しようとおもったんだけれど、なんとなくしにくくなっちゃって……」

「よし、今回は特別に許してあげる。今度は必ず呼んでね。あっ、いけない。まだほやほやの湯気が立っているのに、そんなことを言ってはいけないわね」

美代子は電話口でちろりと舌を出したような口調になった。

「今度はどうやら安住できそうよ。美代子もその後変わりない」

「変わりがなさすぎて困っちゃうわよ。

そうそう、そういえば先日、珍しい人に会ったわよ」

「珍しい人って、だれ」

「旦那《だんな》さん、いまお宅にいらっしゃるの」

「瀬川は学校に出勤しているわ」

「絵里子の旦那様は学者だったのね。偉い植物学者だと昌子から聞いたわ」

「まだ新米の学者よ。それより、珍しい人ってだれ」

「矢代さんよ。あなたがいまの旦那様と結婚する前につき合っていた……」

美代子は電話口で少し声を潜めるように言った。

「矢代昭」

あまりおもいだしたくない名前である。

「そうなのよ。あの矢代さんに偶然出会ったわ」

「どこで出会ったの」

「それがね、私の家の近くの路上でばったり鉢合わせしたの」

「美代子の家の近くで……矢代がなぜそんなところにいたの」

「さあ、知らないわ。矢代さんは最初、私に気がつかないようだったわ。絵里子が彼を私の家に連れて来たことがあるので、私はおぼえていたわ。あのころとは様子がちがっていたけれど……」

「どういうふうにちがっていたの」

「そうね、服装もずっとよくなって、余裕があるように見えたわ」

「美代子は矢代のその後の消息を知らないの」

「知らないわ」

「彼は料亭の婿養子に入ったのよ」

「そうだったの。そう言われてみれば、そんな感じがしたわね。それで、絵里子と矢代さんと、どちらが先に結婚したの」

「矢代よ」

「それで、絵里子はいまの旦那様と結婚したのね。あ、ごめん。よけいなことを詮索《せんさく》して」

「いいのよ。でも、矢代の結婚は私の結婚とは関係ないの。それ以前に、もう彼とは切れていたのよ」

「そうかなあ。矢代さん、絵里子にまだ充分未練があるみたいだったわよ」

「矢代がそんなことを言ったの」

「絵里子の消息を根掘り葉掘り聞いていたわ。私が知らないと答えると、疑わしそうな顔をしていた」

「ねえ、美代子、お願いがあるの」

「なに」

「矢代に私の住所はおしえないでほしいのよ」

「大丈夫よ。私、そんな馬鹿じゃないわ。それに矢代さんの連絡先を私は知らないもの」

美代子の言葉に、絵里子は矢代が入婿した料亭の名前をおしえなくてよかったとおもった。

「突然電話してごめんね。ただ、絵里子の声を久し振りに聞きたかっただけよ。新婚ほやほやさんを邪魔するようなことはしないわ」

美代子は電話を切った。

絵里子のなんとなく迷惑げな気配を敏感に感じ取ったらしい。

美代子にはすまないとおもったが、彼女を敬遠したい心理がつい現われてしまったのであろう。

2

美代子の電話を切った後、いまの通話の内容が気になってきた。

矢代昭がなぜ美代子の家の近くへ行ったのであろう。その地域に矢代の親戚《しんせき》や友人が住んでいるとは聞いたことがない。

矢代に美代子を親友として紹介したときも、美代子の居住地域には初めて来たと言っていた。

矢代が美代子が住んでいる地域に関わりのある人物と言えば、美代子だけである。

だが、美代子が嘘をついたとは考えられない。

矢代はなにか用事があって、美代子の家の近くへ来たのであろう。

一体その用事とはなにか。気にし始めるとますます気になってきた。

もしかして矢代は轢《ひ》き逃げ現場へ来たのではないだろうか。なにかのきっかけから轢き逃げ事件に興味をもって、その現場を確かめに来た。

どうもそんな気がしてならない。

しかし、矢代がなぜ無関係の轢き逃げに関心をもったのか。

矢代の口から金田や小滝の名前を聞いたことはない。

しかし、絵里子は矢代の人脈をすべて知っているわけではないから、矢代が二人となんらかのつながりを持っていたとしても不思議ではない。

だが、矢代が二人になんの関係もなかったとすれば、なぜ轢き逃げ現場に関心を抱いたのか。

そのきっかけが一つ考えられる。

矢代は現場が田崎美代子の住居に近いことに興味をかき立てられたのではあるまいか。考えすぎだ。美代子の家の近くでたまたま轢き逃げが発生したからといって、どうして美代子と結びつけて考えるのか。

矢代が美代子の家の近くで美代子と出会ったからといって、轢き逃げ現場を確かめに来たとは限らない。

なにかべつの用事があって、たまたま美代子と鉢合わせしただけかもしれない。

美代子に矢代と出会った際、彼が轢き逃げについてなにか聞かなかったかと確かめればすぐにわかることであるが、絵里子はそれをするのが恐かった。

そんなことを美代子に聞けば、絵里子が轢き逃げに関心を持っていることを悟られてしまう。

轢き逃げ現場は絵里子の幸福をすっぽりと吸い込んでしまうブラックホールである。

そのブラックホールからはできるだけ遠ざかっていなければならない。

距離的にはもちろん、ブラックホールの近くにいる人間とも一切の関係を遮断した方が無難である。

だが、絵里子は遮断したつもりでも、相手に遮断された意識がなければ、ブラックホールの脅威は依然として口を開いていることになる。

現に田崎美代子が絵里子の消息を聞きつけて追いかけて来た。

美代子から矢代昭が絵里子の情報を得るかもしれない。

美代子の話では、矢代は絵里子に対して未練を残しているらしい。

一方的に絵里子を置き去りにしていながら、男の身勝手から捨てた女を懐かしがっているのであろう。

矢代にはなんの未練もない。仮に矢代が追いかけて来ようと、はねつければすむことである。

逆玉の輿《こし》に乗った矢代にとっても、絵里子との過去の関係が洗われることは都合が悪いであろう。

絵里子と矢代の立場は対等である。

だが、矢代が絵里子のブラックホールの近くに現われたという事実がどうも気になる。

不安神経症に伴う疑心暗鬼だと自らを諭しても、脹《ふく》れ上がる不安を抑えられない。

「きみ、どうかしたの。このごろ浮かぬ顔をしているじゃないか」

夕食どき、瀬川から絵里子は顔を覗《のぞ》き込まれて、

「いいえ、なんでもないわ。気候の変わり目のせいで、少し体調を崩したのよ」

と少しうろたえながらも笑顔を造った。

「そうかい。それならいいけど、なにか心配事でもあったら、ぼくに相談するんだよ」

「あなたに隠している心配事なんてあるはずないわ。私は幸せいっぱいよ」

「それを聞いて安心したよ。夫婦は結婚するまではべつの人生を歩いて来るけど、結婚すれば一心同体の運命共同体だ。夫婦の間に隠し事があるということは、運命をまだ共同にしていないということだよ」

瀬川に言われて、絵里子は夫が彼女の隠し金の存在を知っているような気がしたが、そんなはずはないと自ら打ち消した。

絵里子はその金を夫の一朝有事の際に役立てたいとおもっている。その意味では、夫と共有の金である。

だが、金の存在を隠しているのは、その金に伴う犯罪性と危険性を夫に及ぼしたくないからである。

金の有用性だけを夫と共有して、危険性は自分が独占する。

しかし、それでは運命共同体と言えないかもしれない。それでも自分が抱え込んだ危険性を夫に分けてはならない。

「ほら、またなにかを考え込んでいるじゃないか」

瀬川に言われて、絵里子ははっと我に返った。

「ちがうのよ。あなたと一緒にいる幸せにうっとりしていたのよ」

絵里子は言い繕った。

「きみにそう言われると嬉《うれ》しいよ。このごろ友人からよく冷やかされるんだ」

「どんな風に」

「新婚ほやほやの湯気が立つと言うけれど、きみには幸福のオーラが発しているとね」

「湯気ではなくてオーラだなんて、凄《すご》いわ」

「そうだよ。きみがそのオーラの光源なんだよ」

「二人が一緒になってオーラの光源になっているのよ」

「ぼくはどんなことがあってもきみを離さないよ」

「離れろと言われても離れないわ」

「その言葉をもう一度言ってくれ」

こんな会話の間に、夫婦の抱擁に移っていく。

凶運の共有者

1

絵里子は瀬川が言った運命共同体という言葉を強く意識した。

その運命とは幸福も不幸も、上昇も下降も、喜びも悲しみも、生死も共にするというオールラウンドの意味をこめている。

だが、黒は白よりも強い。運命と言うと、幸福の要素よりは不幸の圧力の方が高い。

悲運によって幸運が圧迫され、侵されやすい。

絵里子はブラックホールを抱えている。その深淵《しんえん》に夫の運命を巻き込んではならない。

運命を共同にすると言っても、現在および将来の運命である。

だが、絵里子のブラックホールは将来に向けて吸引力がある。

瀬川はなにげなく運命という言葉を用いたのであろうが、いま夫婦を包んでいる幸福のオーラを、ブラックホールは運命共同体というワンセットにして一瞬の間に呑《の》み込んでしまうかもしれない。

絵里子は夫が幸福の絶頂で言った運命という言葉に不安なおののきをおぼえた。

結婚後一年はまたたく間に過ぎ去った。

この間、夫婦の間にあった他人性は速やかに同化され、二人の身体は習熟した。

結婚初期にあった未知同士のおずおずとした接触は、たちまちなめらかに癒着し、一体化した。

他人性が同化して馴《な》れ合うことなく、それ以外の組み合わせはないキーとシリンダーのように、相互にぴたりと埋め合って安定した。

絵里子は毎夜のようにベッドで瀬川に抱かれて、官能の海を漂った。

悦楽の沸騰点を引き延ばしながら夫婦一体となっての漂流感こそ、夫婦が運命を共にすべき海のような気がした。

どこへ流れ着くかわからないが、漂着するまで共食する雄と雌のように、たがいの身体を離さない。

これは運命の共同ではなく、官能の共食である。

その共食のうちに性の味奥《みおう》が深められ、夫婦が熟練してくるのである。

八月下旬の日曜日、絵里子は久し振りに瀬川と一緒に都心のホールに、クラシックコンサートを聴きに行った。

一流の音楽家による音の芸術にどっぷりと浸って、満ち足りた気持ちで帰って来た。

素晴らしい音楽にまみれた陶酔が、帰宅してからも余韻を引いている。

「困ったわ」

帰途の電車の中で、絵里子はふと顔を赤らめた。

「なにが困ったんだい」

瀬川が絵里子の顔を覗《のぞ》いた。

「音楽の余韻が長く尾を引いて、なんだかあの後の気持ちみたいなのよ」

「あの後の……」

瀬川がはっとおもい当たったような表情をした。

「音楽の火照りとあれって、似ているのね」

「それは……もしかして今夜のご招待と解釈していいのかな」

「わかっているくせに」

夫婦は二人だけにわかる淫靡《いんび》な笑いを交わした。

尾を引いている音楽の余韻が、今夜の期待につながって、ふたたび身体の芯《しん》から新たな火照りを誘い出している。

今夜のコンサートが夫婦の前戯のような形になっている。

夕食は休憩中にすましてあるので、帰宅して軽くバスを使えば、あとは寝室に直行である。

「一緒に入らないか」

瀬川が誘った。

「あなた、先に入って」

一緒に浴室へ入ると、そのまま発展してしまうかもしれない。

官能は小出しせずに、充分蓄積しておいて、一挙に燃焼した方が深い達成を得られる。

やや不満げな夫を浴室に送り込んで、夫婦のベッドを整えているとき、電話が鳴った。

なにげなく取り上げた受話器から、遠い記憶のある声が話しかけてきた。

「矢代昭子さん、お久し振りです。それともいまは奥さんと呼ぶべきかな」

受話器を耳に当てた絵里子は、一瞬立ちすくんだ。

受話器から語りかけてくる声が、地獄の使者のメッセージのように聞こえた。

声は明らかに矢代のものではない。矢代昭子という偽名はどこかで使ったような気がするが、咄嗟《とっさ》におもいだせない。

「あなたはどなたですか」

一呼吸整えてから絵里子は問い返した。

「お忘れですか。あなたとは運命共同体の間柄と認識しているのですがね」

正体不明の通話者は夫と同じ言葉を用いた。

「いたずら電話ならば切りますよ」

絵里子は脹《ふく》れ上がる不安を抑えて、きっぱりと言った。

「運命共同体の相手に冷たい言葉ですね。もっともしばらくご無沙汰《ぶさた》したので、ご記憶が薄れているかもしれませんが、すぐにおもいだしますよ」

「本当に電話切ります」

「山分けした金、元気ですか」

受話器からさりげなく問いかけてきた言葉に、絵里子の全身の血が凍りついた。

「ほら、言ったでしょう。すぐにおもいだすって。ご無沙汰しました。その後お変わりなく、ではなく、結婚して大変わり、お幸せそうですね」

「あ、あなたは……」

「鮫島邦夫です。すっかりご無沙汰していました」

「私は知りません。人ちがいですわ」

「運命共同体のパートナーに、それはないでしょう」

「知りません。まったく記憶にありません。電話切ります」

「切りたければどうぞ。あなたのご主人に、昨年、六月六日夜起きたことを話したらどんな顔をするか、見たいですね」

「主人には関係ありません」

おもわず答えてしまってから、唇を噛《か》んだ。

言葉を返せば会話が成立する。絵里子のいまの返答は、すでに鮫島の言葉を踏まえていた。

「あなたが素直に私をおもいだしてくだされば、ご主人に話す必要はありません」

「約束したじゃありませんか。今度出会うようなことがあっても赤の他人だと」

「言葉の約束と、実質的に運命共同体であるということはべつです。親が子を勘当しても、夫婦が離婚しても、親子であるということ、夫婦であったという事実には変わりないのと同じです」

鮫島の口調には自信と余裕があった。

言葉を交わせば交わすほどに、鮫島のペースに引き込まれていくことはわかっているが、いまは絵里子の立場が絶対的に弱い。

瀬川はいまにも浴室からあがって来そうである。

「どんなご用件ですか」

絵里子の問い返しは、すでに鮫島との過去の関わりを認めている。

「一度お会いしたいのです」

「お会いする必要はありません」

「奥さんにはなくとも、私にはあるのです。ぜひ一度お会いする機会をあたえていただけませんか」

鮫島は自分の圧倒的に有利な立場を充分承知しているように、言葉遣いは丁寧だが高圧的に言った。

「私にどんな用事があるのですか」

「それはお会いした上で申し上げます」

「困ります。私には主人がいます」

「よく存じ上げていますよ。表札にお名前が仲良く並んでいますから。奥さんがどうしても会ってくださらないとおっしゃるなら、ご主人にお願いします」

鮫島は絵里子の最大の弱味をまたちらつかせた。

「どうしていまごろになって電話なんかかけてきたのですか」

鮫島は絵里子の素性を知らないはずである。名も矢代昭子だとしか言っていない。

彼に出会った夜、轢《ひ》き逃げ現場まで彼に尾行されたので、その後は特に尾行に注意した。

車を何度か換えて、明け方近く、自分のアパートへ帰り着いた。

鮫島が彼女の素性と居所を探し出した過程が不気味であった。

「神様のおぼし召しと申しますかな。今夜コンサートで、偶然あなたをお見かけしたのですよ。まさに幸せ奥様を絵に描いたようだった。コンサートの会場からお宅まで跡を尾《つ》けさせていただきました。

ご主人は立派な方ですね。詳しく調査する時間がなかったのでデータ不足ですが、これからゆっくり資料を集めるつもりです。なにしろ運命共同体のご主人ですから、あだ疎《おろそ》かには扱えません」

「私たちのことは、主人には関係ありません。主人には絶対に近づかないでください」

そんな言葉を重ねれば重ねるほど、相手のおもう壺《つぼ》にはまることを知りながら、瀬川を庇《かば》わざるを得ない。

「よく承知していますよ。奥さんさえ私のささやかなリクエストに応《こた》えてくだされば、ご主人には一切無関係にします」

「わかったわ。私の方から連絡します。連絡先をおしえてください」

「ポケベルを持っています。メッセージを入れてくだされば、すぐに連絡しますよ」

そのとき浴室のドアが開いて、瀬川が出てくる気配がした。

ポケベルのナンバーをメモした絵里子は、電話を切った。

「だれかから電話かい」

パジャマに着替えた瀬川が問うた。

「ええ、お友達から。あなたも知っているでしょう。結婚式に出席した昌子よ」

「そんなお友達がいたかな。何人か同時に紹介されたので、顔が重なってしまうよ」

「ビール、冷えているわよ。待ってらしてね」

絵里子は表情の変化を夫に悟られまいとして、浴室へ逃げ込んだ。

コンサートの余韻と新たな悦楽の期待は跡形もなく消えていた。

夫婦の寝室で待っている夫にまみえるのがこんなに辛《つら》くおもえたのは、結婚後初めてのことであった。

2

その夜、夫の手前はなんとか糊塗《こと》したが、毎夜味わっていた官能の海の漂流は望むべくもなかった。

悦楽の波にもみしだかれ、性の味奥の深さに悶《もだ》えた身が、広漠たる砂漠を行くように感じられた。

朝、瀬川を学校へ送り出した後、絵里子は心身共に疲労困憊《こんぱい》していた。

それでいながら神経が異常に冴《さ》えている。不安が神経を圧迫して、異常に高ぶらせている。

鮫島がなぜいまごろになって絵里子に連絡してきたのか。

再会しても赤の他人だと約束し合っていながら、一年後に偶然見かけた絵里子を尾行して住居を突き止めた後、電話をかけてきた真意が不気味である。

ただ懐かしいだけであれば、絵里子を見かけたとき、さりげなく声をかければよい。

それをせずに尾行したところに、鮫島の邪《よこしま》な意図が感じられる。

二言目には瀬川に言いつけると脅かしたが、最初から絵里子の急所を捉《とら》えている。

邪な意図がなければ急所を押さえる必要はない。

絵里子はついにブラックホールの引力に捕まったとおもった。

鮫島は運命共同体と言ったが、それは悪運の共有であり、一蓮托生《いちれんたくしょう》の関係である。

鮫島と山分けした金は血にまみれている。

その金から、独居老人殺しの罪までも押し被《かぶ》せられるかもしれない。

仮に老人殺しの罪を切り離せたとしても、老人を殺した犯人（轢き逃げ被害者）を放置して金を横奪《よこど》りした罪は悪質である。

絵里子にはもう一つ大きな不安がある。

彼女と鮫島が共謀して横奪りした金を山分けしたとき、被害者はバッグに手をのばそうとしていた。

被害者の身体を路上から路傍へ移動したのは鮫島であって、絵里子はそのとき被害者の死を確認していない。

そのとき被害者にまだ息があったとすれば、絵里子は生きている被害者を見殺しにしたことになる。

彼女が現在も密《ひそ》かに保存している隠し金は二重、三重の罪を帯びているのである。

鮫島の言う運命共同体にはその罪の重さの共有があった。

（そこまで深刻に考えることはないわ。私の幸せを覆すことは、彼の人生にも致命的なダメージをあたえる。私たちの立場は対等だわ。怯《おび》えたりひるんだりすればつけ込まれる。毅《き》然《ぜん》としていればいいのよ）

絵里子はおもい直して、自分に言い聞かせた。

夫が出勤して一人になると、鮫島に連絡すべきかどうか迷った。

このまま無視すれば、必ず鮫島の方から連絡してくるであろう。それでは自分の都合のよい時間帯を選べない。

迷った末に、結局、絵里子は鮫島が残したナンバーをコールした。

鮫島のポケベルに自宅の電話番号をメッセージとして残す。打てば響くように電話のベルが鳴った。

「ご連絡を待ちかねていました。あと一時間待ってご連絡がないときは、こちらからお電話しようとおもっていたところでしたよ」

受話器から鮫島の声が言った。

その声には絵里子が必ず連絡してくるにちがいないという自信が感じられた。

「誤解なさらないで。あなたにはなんの関心もありません」

「けっこうです。その方が話を進めやすい。時間と場所はあなたに任せます。いつお会いできますか」

「会う必要はないとおもいます」

「時間の浪費はやめましょう。奥さんの幸せを守るためにも、ぼくに会っておいた方がいいですよ」

「私の幸せとあなたとはなんの関係もありません」

「これは驚いた。あなたがそんな認識不足とは知りませんでした。奥さんの幸せを含む生活のすべてが私にかかっていることを忘れてはいけません。仮に忘れたとしても、もう充分におもいだしているはずでしょう。だからこそ、あなたは連絡してきた……」

「あなたの言うことはよくわかりませんが、とにかく一度だけ会います」

絵里子は翌日、杉並《すぎなみ》区の児童公園で午前十一時に会うと指定した。

上京後一時期、その界隈《かいわい》に住んでいたことがあって、その児童公園にベンチがあり、指定時間帯に人影がないことを知っている。

都心のホテルや喫茶店を指定するとつけ込まれ、人目に触れる虞《おそれ》がある。

「ずいぶん辺鄙《へんぴ》な場所と、中途半端な時間ですね」

鮫島は言ったが、了承した。

乱発された神

1

翌朝、瀬川を送り出した絵里子は、時間を測って、指定した児童公園へ向かった。

記憶している位置にベンチがあり、小さな砂場とジャングルジム、すべり台、ブランコを設けた公園の敷地内には人影がない。

鮫島は指定したベンチに待っていた。

記憶の中で霞《かす》んでいた鮫島の顔が輪郭を取り戻した。

だが、初対面のときの厚みのある印象がなんとなく荒《すさ》んでいて、服装もくたびれているように感じられた。

まとったスーツは光っており、ズボンの膝《ひざ》が丸くなっている。ネクタイは使いすぎて細くなっており、ワイシャツの襟が薄汚れていた。靴は埃《ほこり》まみれである。

絵里子の不吉な予感がますます悪い形で裏書きされていくようである。

「やあ、お久し振りです」

絵里子の姿を認めた鮫島は、ベンチから立ち上がって笑いかけた。その笑顔が卑しい。

絵里子は固い表情のまま近づいた。

鮫島は、どうぞと自分が座っていたベンチのかたわらを指さした。

「あなたからどうぞ」

絵里子は言って、鮫島が座り直した位置を確かめた後、彼から距離を置いて腰を下ろした。

「またお会いできて嬉《うれ》しいですよ。また一段と美しくなられましたね」

鮫島は衣服の上から絵里子の身体を詮索《せんさく》している。

一夜の記憶をたどって視姦《しかん》しているのであろう。

悪寒が絵里子の背筋を走り抜けた。

「あまりゆっくりしていられないのです。ご用件をおっしゃってください」

絵里子は切り口上で言った。

「お忙しいところをお呼び立てして、申し訳ありませんな」

「ご用件をどうぞ」

絵里子は促した。

「せっかく再会できたのですから、ゆっくりと旧交を温めたいですね」

鮫島の目の色が粘り気を帯びたようである。

「これからお会いすることは絶対にありません。今日出て来たのは、あなたのおっしゃる意味がよくわからなかったからです」

「それは説明不足で申し訳ありませんでした。それではよくわかるようにお話し申し上げましょう。

あなたと山分けした四千五百万円の金は、その後どうしましたか」

「そんなこと、あなたに関係ないでしょう」

おもわず答えてから、しまったとおもった。それはすでにその金を山分けした事実を認めたことになる。

「大いに関係あるとおもいますよ。あの金は元は同一人物の所有する金でした。それを私たちが勝手に山分けしたのですから、本来なら一ヵ所にあるべきはずだった金です」

絵里子は沈黙した。口を開けば開くほど不利になる。

「本来、同一箇所に一緒にあるべきはずの金が分割されたのですから、分割した同士が一方の金の行方に関心を持つのは当然ではありませんか」

なんという勝手な理屈だろうと呆《あき》れたが、言葉を返せば分割した事実をさらに確認してしまうことになる。

「あなたは私が分割金をどのように使ったか、興味はありませんか」

「…………」

「私はですね、分割金をさらに数倍に増やそうとおもいまして、競馬場や競艇場へ通いました。最初のうちは調子がよかったのですが、それで欲張ったのがいけなかった。一《いっ》攫千金《かくせんきん》を夢見て馬券や舟券を買いあさり、買ったレースが裏目裏目と出て、見る見る大金が消えてしまいました。

焦れば焦るほど大金が穴場に吸われて消えていきました。悪銭身に付かずで、最後に固いとおもわれた連番に有り金すべてを突っ込んだのが見事に外れて、分割金はすべて消えてしまいました。

最後に残った金でコンサートへ行ったのが、神様のおぼし召しか、あなたに再会したのです。

ギャンブルとクラシック、意外に相性がいいのですよ。

あなたの幸せ奥様ぶりに一方の分割金は健在であることがわかりました。私は嬉しかった。運命共同体のあなたが共同資金の上に幸福な生活を築いているのを見て、自分のことのように嬉しかったのです。

事実、あなたの喜びは私の喜びであり、あなたの不幸は私の不幸になります。この意味があなたにはわかるはずです」

「私たちは赤の他人です。もしふたたび出会うことがあっても、見たことも会ったこともない、声もかけ合わないと約束したはずです」

「しかし、私たちはすでに声をかけ合い、運命共同体であることを認め合いましたよ」

「私はそんなことを認めたつもりはありません」

「はは、なにをおっしゃるのです。奥さんがここへ来た事実がなによりも運命共同体であることを認めた証拠ではありませんか」

鮫島に指摘されて、絵里子ははっとした。まさにその通りであった。

鮫島が電話してきたときに、彼がなんと言おうと突っぱねるべきであった。

絵里子が知らぬ存ぜぬと押し通せば、鮫島が瀬川になにを告げ口しようと証拠のないことである。

隠し金の存在も瀬川の知らぬことであり、金田老人の奪われた金との同一性の証明は不可能である。

絵里子の動揺を敏感に見て取った鮫島は、

「奥さん、私は決して無理は申しません。ほんの少々、奥さんの幸福資金を私にまわしてもらえないでしょうか」

「あなたにお金を差し上げる筋合いはありません」

「そんなことをおっしゃらないでください。私はあの夜、金を独り占めにすることもできた。あなたは当初、私の申し出を断り、金はいらないと言われました。それをあえて山分けにして差し上げたのです。その時点から私たちは共犯者であり、運命を共同にしたのです。あなたがいったんはいらないと断った金が、今日のあなたの幸せを築く資金となったのです。そのごく一部を私にまわしてくださっても、あながち筋ちがいとは言えないとおもいますがね」

「私はあなたとお金を山分けにした記憶はありません」

「記憶にないとおっしゃるなら、それでけっこうです。私はこれから警察に自首します。殺人強盗犯人の持っていた金を横奪《よこど》りしてギャンブルに全部つぎ込んでしまったと。ただし、その金額は半分で、残りの半分は奥さんに分割したと申し立てます」

「そんな言葉をだれも信じないわ」

「さあ、どうでしょうか。捜査はいまでも継続しているそうですよ。当夜、起きた事実を私が具体的に警察に話せば、警察としても奥さんに事情を聴かざるを得ないでしょうね。

警察が一年前の強盗殺人事件の参考人として奥さんを調べたら、ご主人に対して相当まずいんじゃありませんか」

「当夜、私があなたと出会った証拠はどこにもありません。きっと夢でも見たんだろうと言われるのが関の山よ」

「夢か夢でないか、警察が判断しますよ。先日の電話のやり取り、今日奥さんがここへいらっしゃってからの我々の会話はすべて録音しました。警察の調査によい参考資料となるでしょう」

鮫島はポケットから小型テープレコーダーを取り出した。

「そんなもの、なんの証拠にもならないわよ。あなたから面会を強要されて、なんだかよく意味がわからないまま恐くなって、真意を探るために面会に応じたと言えば、それまでだわ」

「ははは、奥さんはもっと利口だとおもったが、がっかりしましたね」

鮫島が嘲《あざけ》るように笑った。

「残念だけど、その言葉は当たっているわ。私が利口なら、こんなところへ呼び出されてのこのこ出て来ないわ」

「先日の会話といまのやり取りをテープに録《と》った私が、一年前の一夜のラブアフェアと事件をテープに録らないはずがないでしょう」

ぎょっとして言葉を失った絵里子の前で、テープを巻き戻した鮫島は、再生ボタンを押した。

「驚いたな」

「なにを驚いたの」

「今日会ったような気がしない」

「私もよ」

「今日会ったばかりなのに、もう十年も会っているようだよ」

「こんなの初めて」

――――

「あなたから先に出て行ってくれ。あなたの残り香を少しでも嗅《か》いでいたいから」

「私もとても楽しかったわ。二度と出会わないように祈りましょう。出会うと辛《つら》いから」

おもわず絵里子の喉《のど》の奥から、ひっと悲鳴が洩《も》れた。

それはまぎれもなく昨年六月、鮫島と出会った夜の会話であった。

「どうです、これは前編です。あなたと金を分割した後編を再生しましょうか」

打ちのめされ、言葉を失った絵里子に、鮫島が勝ち誇ったように言った。

「奥さん、これであなたと私が一蓮托生《いちれんたくしょう》の切っても切れない仲だということがよくおわかりになったでしょう」

「いくら欲しいの」

ついに絵里子は屈伏した。

「私は決して多くは求めません。百万円まわしてください。それでもう二度と奥さんの前に現われませんから」

「約束できるの」

「約束します」

そんな約束がなんの保証にもならないことは承知していながら、気休めの約束を取りつけようとしていた。

「私を信用してください。もう二度と奥さんにご迷惑をかけることはいたしませんから」

「絶対よ。もし約束を破ったら、私、あなたを許さないわよ」

そんな恫喝《どうかつ》がなんの意味もないことはわかっているが、彼女の張れる精一杯の虚勢であった。

「寄生虫を知っていますか」

鮫島は突然、妙なことを言い出した。

「きせいちゅう？」

「動物や人体に寄生する虫のことですよ」

「ああ、あの寄生虫、それがどうしたの」

「私はあなたの寄生虫です。寄生虫は宿り主に対して致命的な害は加えません。なぜなら、宿り主が滅びることは寄生虫自体の破滅を意味するからです。私はあなたの幸福資金のほんの一部をまわしていただくだけで満足ですよ。奥さんや、奥さんの家庭を破壊するようなことは決していたしません。その意味でも運命共同体なのです」

と鮫島は言った。

2

鮫島の恐喝に屈して百万円渡したのが、新たな弱味をつくった形となった。

これだけで二度と迷惑をかけないと約束した鮫島は、それから十日後、ふたたび絵里子に電話をかけてきた。

鮫島の指定した口座に百万円を振り込んだときこれですむとはおもっていなかったが、十日後、受話器から鮫島の声を聞いたとき、絵里子は不吉な予感が的中したことにおののいた。

「もう二度と私の前に現われないという約束じゃないの」

となじった絵里子に、鮫島は恐縮した口調で、

「決してご迷惑をかけるつもりはありません。どうしても十万円、火急に必要になりまして、奥さんにおすがりするほかはないのです」

鮫島は殊勝な声で訴えた。

「本当に十万円でいいのね。もうこれ以上は一円も出しませんからね」

絵里子は百万円の後の十万円なので、それですむなら、と考えたのが甘かった。

新たな恐喝を加えながら、被害者の心理を見通した巧妙なやり口である。

「実は先日お借りした百万は、近日中に返済できるめどがついたのです。そのための準備金とお考えください」

百万出したとき、返してもらえるとはおもっていなかったが、返済準備金という言葉が奇妙なリアリティをもって絵里子に迫った。

「本当にこれ限りね」

「神に誓ってもいいですよ」

神が聞いて呆《あき》れるが、きっと鮫島の誓う神は魔神か悪神であろう。

新たに十万円振り込むと、間もなく彼から三度目の電話がかかってきた。

不吉な予感に耐えながら、電話に応答した絵里子に、鮫島は意外なことを言った。

「先日お借りした百万ですが、どうにか返済のめどがつきましてね、とりあえず五十万円、お返ししたいとおもいます」

「返す。返すと言うの」

絵里子が電話口でとまどった。

恐喝された金が戻ってこようとは夢にもおもっていなかった。

「奥さん、私は百万まわしてくれと言いましたが、くれとは言いませんでしたよ。全額一度に返せないのは残念だが、とりあえず半額お返しします」

鮫島は言った。

絵里子は信じられなかった。返すという口実で絵里子を呼び出し、新たな難題を吹きかけようとしているのかもしれない。

鮫島の言葉を鵜呑《うの》みにはできないが、せっかく返してくれるという五十万を断るのももったいない。

これが十万や五万を返すというのであれば、絵里子を呼び出す口実とみて断るのであるが、五十万円という金額が絵里子を誘惑した。

「本当に返してくれるの」

「本当です。神に誓ってもいいですよ」

鮫島は「神」を乱発した。

屈辱の余韻

1

鮫島のおもいがけない言葉に、絵里子の心は動揺した。

どぶに捨てたとおもっていた金が五十万円戻ると聞いては、心が騒がざるを得ない。

もともとその金は鮫島の違約の上にまわした金であった。いまさら返してくれると言われても信じられないが、下手に断るとどんな因縁をつけられるかわからない。

そんな甘言を信じてのこのこ出かけて行けば、ますますつけ込まれそうな気がする。

絵里子の迷いを敏感に読み取ったらしく、鮫島は、

「奥さんがいらないとおっしゃるなら、ご主人宛《あて》に送り返しましょうか」

と言った。

絵里子宛に送られても、夫の目に触れる危険性がある。

「主人には関係ないことだと言ったでしょう」

「そんなことはありませんよ。夫婦は共有財産ですからね。

「それともこの金はご主人には内緒の隠し金ということですか」

鮫島は隠し金という言葉を強調して言った。

隠し金には鮫島と共同した古い犯罪も隠されている。

だが、絵里子が金を受け取りに行かなければ、鮫島は本当に瀬川に送りつけてくるかもしれない。

当然、夫から金の謂《い》われを問われる。

たとえその場は言い逃れても、鮫島がなにを言うかわからない。

金の謂われと共に、金を返してきた鮫島の素性と、彼との関係について聞かれるであろう。

それは絵里子の急所を抉《えぐ》り、秘密を引きずり出すことにつながる。

「わかったわ。それでは先日会った公園で、明日の同じ時間帯でどう」

「奥さん、百万円、無利息で貸してくれた方に、金を返すのに公園のベンチということはありませんよ」

「私がそこを指定しているのよ」

「ぼくの気がすみません。同じ時間帯、新宿Pホテルの最上階にあるラウンジでいかがですか」

「ホテルには行かないわよ」

「ご心配なく。お金をお返しするだけですから。そのラウンジは客が少なく、人目に立ちません」

ホテルという場所に危惧《きぐ》をおぼえたが、むしろ無人の公園よりは安全かもしれないとおもい直した。

「変なことをしたら、すぐ帰りますからね」

「お金を返すのに、変なことをするはずがないでしょう」

結局、絵里子は鮫島の指定した場所で会うことに同意した。

2

Pホテルのラウンジは鮫島が言った通り客の影がまばらで、密談に適していた。平日の中途半端な時間帯とあって、二人でラウンジをほとんど独占している。

鮫島は先に来て待っていた。

絵里子がまわした金で整えたのか、先日とは見ちがえるような服装になっている。新調らしい上等なスーツに身を固め、靴もぴかぴかに磨かれている。

服装だけではなく、昨年六月、初めて出会ったときのように精悍《せいかん》で、油断ならない雰囲気が戻っていた。

「いや、お呼び立てして申し訳ありませんでした。奥さんにまわしていただいた金のおかげでツキが戻ったようです」

鮫島は絵里子が席に着くと同時に、ポケットから厚ぼったい封筒を取り出した。

「本当に有り難うございました。耳を揃えて百万円返せないこともないのですが、せっかくゲンのいい金なので、半分、もう少しお借りしておきます。利息は全額返すときにお支払いします」

鮫島は殊勝な口調で言って、封筒を絵里子の前に差し出した。

信じられないおもいで封筒の中身を調べると、一万円札が五十枚、たしかに入っていた。

「なにか悪いことをしたんじゃないでしょうね」

絵里子は現金を手にしたものの、半信半疑であった。

「奥さん、いくら山分けにした仲だからといって、それはないでしょう。ご心配なく。まともな金ですよ。もっともお借りした元金がまともかと言うと、問題がありますがね」

鮫島は意味深長な口調で言うと、にやりと笑った。

その言葉が、おれはおまえの弱味を知っているぞと暗に恫喝《どうかつ》している。

「それでは、これで失礼するわ」

絵里子は封筒をバッグにしまうと、立ち上がりかけた。

「奥さん、まだオーダーもしていませんよ。せめてコーヒー一杯、召し上がって行ってください」

「用事はすみましたわ」

「せっかくここまで出ていらっしゃったのですから、そんなに慌ててお帰りになることもないでしょう」

鮫島が引き止めたとき、折悪《おりあ》しくウエイトレスがオーダーを聞きに来た。

やむを得ず絵里子は腰を下ろした。

「ところで、奥さん、初めて出会ったときのことをおぼえていますか」

鮫島が共犯者の顔になった。

「なんのことですか」

「とぼけても駄目ですよ。ご心配なく、テープはまわしていませんから」

鮫島は機先を制した。

「そのようなお話でしたら、私、帰ります」

「まあ、お待ちください。改めて奥さんにご相談したいことがあります」

「相談？」

鮫島の意味ありげな言葉が絵里子の足を止めさせた。

ちょうどそのとき数人の客が入って来た。

「いけない、私の顔見知りが来ました。場所を変えましょう」

鮫島が急に狼狽《ろうばい》した表情になって言った。

絵里子も鮫島と一緒にいる場面を見られたくない心理が働いている。

鮫島に引っ張られるようにして絵里子はラウンジを出た。

エレベーターに飛び乗った鮫島は、十階のボタンを押した。

「どこへ行くつもりなの」

「私はここに泊まっています。私の部屋で話し合いましょう」

「冗談じゃないわ。私、帰ります」

「奥さん、なにか勘ちがいしておられるようですね。これからのご相談はおたがいに人目に触れてはまずいことです。ご心配なく。ビジネスだけの話し合いですよ」

「私、あなたの部屋には行かないわ」

「来たくなければ来なくてけっこう。先程も申し上げたように、ご主人と交渉します」

そのとき搬器《ケージ》の扉が開いた。扉の外にワゴンを押したホテルのボーイが立っていた。

「さあ、どうぞ」

すかさず鮫島が言った。

絵里子は鮫島の後に従《つ》いて十階に下りた。

鮫島は絵里子が必ず従いて来るという自信を持っているような足取りで先導した。

連れ込まれた鮫島の部屋は使用した形跡がなかった。

彼が今日のために部屋を取っていたことは明らかである。

だが、鮫島に切り札を握られている以上、逃げ出すことはできなかった。

逃げ出せるくらいなら、初めから呼び出されるままにやって来ない。

「ビジネスを早くすませましょう」

絵里子は部屋のドアを背にして立ったまま言った。いつでも逃げ出せる姿勢である。

「立ち話でできる相談ではありませんよ。まあ、おかけください。なにか飲み物を取りましょうか」

「いいえ、けっこうです」

「とにかくお座りください。あなたにとっても立ち話ですませられる相談と言うよりは商談ではありませんよ」

絵里子はやむを得ず出口に近い方の椅子に座った。

「それでは早速、商談に取りかかりましょう」

絵里子は鮫島につけ込む隙をあたえないように切り出した。

「改めて、これを買っていただきたいのです」

鮫島は絵里子の前にビニールの封筒に包んだ小さな物体を差し出した。

「なんですか、これは」

「まあ、開いてください」

鮫島に促されてビニールの封筒を開くと、中からカセットテープが出てきた。

「これは……」

「初めてお会いしたとき、それから先日の奥さんとの会話を録音したテープですよ。これをお買い上げいただけませんか」

絵里子は束の間、返す言葉につまった。

鮫島が素直に金を返すはずがないとはおもっていたが、案の定、危険な魂胆を隠していた。

「そんなものを買う筋合いはありません」

絵里子は精一杯肩をそびやかすようにして言った。

「これはお買い物だとおもいますがね。奥さんの幸せを保証する物件ですよ」

「必要ありません」

ここで屈伏すれば、ますますつけ込まれるとおもった絵里子は、必死に抵抗した。

「決して無理にお勧めしません。あなたがお買い上げにならなくとも、ご主人が喜んで買ってくださるでしょう」

「主人には関係ないと言っているはずです」

「それは奥さんの一方的な言葉ですよ。ご主人がなんとおっしゃるか、楽しみですね」

鮫島はいったん差し出したテープをつまみ上げて、これ見よがしに指先で弄《もてあそ》んでいる。

瀬川には絶対に聞かせられないテープの内容である。

「買う筋合いはないけれど、あなたがそんなにおっしゃるなら、買ってもいいわ。いくらなの」

絵里子はついに屈伏した。

「さすがは奥さんだ。話が早い。百万円でいかがですか」

「百万円」

「決して高くはないとおもいますよ。たった百万で奥さんの幸福が一生保証されるのです。立場が逆なら、一千万でも私は買いますよ」

「百万なんて、いま持っていないわ」

「いまお返しした五十万と相殺してあげます。残金の五十万は後払いでけっこうです。残りの五十万円と引き換えにテープはお渡しします」

鮫島はいったん返した五十万を要求すると、

「ところで、奥さん、お手持ちの金でいいんだが、少しまわしてもらえませんか」

と言った。

「私が返したお金を持っているじゃないの」

「実はこれは商売の運転資金でしてね。手をつけられないんです。お手持ちだけでけっこうですから、少し貸してください」

絵里子は鮫島の図々《ずうずう》しい要求をはねのけられず、財布の中から五万円出して渡した。

「有り難うございます。残金は四十五万円でけっこうです。それでは、またご連絡します」

「連絡はこちらからするわ。テープを必ず持って来てね」

テープはいくらでもコピーを録《と》れるが、気休めにでも要求しないわけにはいかない。

「もちろんです。約束は守ります」

鮫島は矛盾したことを言った。

立ち上がりかけた絵里子を、

「奥さん、実は折入ってもう一つご相談があります」

と呼びとめた鮫島の目が粘り気を帯びた。絵里子におぼえのある目の色である。

「もう相談はすんだはずです」

「いや、すんでいません。我々は他人ではありません」

「なにを言うの。あなたとはもうなんの関係もないのよ」

「そうは言えないでしょう。我々は切っても切れない関係ですよ。私はいまでもあなたとの一夜が忘れられない。あなたも言った。こんなの初めてだと」

「やめて」

「いいえ、やめません。どうせ切っても切れない関係であれば、もう一度旧交を温めようではありませんか。相性のいい男と女が出会う確率は宝くじのようなものです」

鮫島は敏捷《びんしょう》に動いて、絵里子の退路を断った。

「そこをどいてちょうだい。人を呼ぶわよ」

「どうぞ。人を呼んで困るのはどちらかな」

「それ、どういう意味」

「どういう意味もなにもありませんよ。あなたはもう不倫を犯したんだ」

「変なことを言わないで。私はあなたとビジネスの話をしただけよ」

「人妻が人目を避けて男と一緒にホテルの部屋へ入って、だれもビジネスの話をしただけとはおもいませんよ」

　鮫島がせせら笑った。

　絵里子は唇を噛《か》んだ。鮫島が張った巧妙な罠《わな》に落ちてしまった。

だが、絵里子は鮫島と再会した時点から、すでに彼の獲物となっている。

鮫島は猫が鼠を弄ぶように、絵里子を玩弄《がんろう》している。そして、それを楽しんでいる。

「奥さん、悪あがきはやめた方がいいですよ。我々は子供ではない。大人のつき合いをしましょう。我々の間には道はもうついています。私は決して奥さんを破滅させません。奥さんの破滅は私の破滅につながります。何度も申し上げたはずです。我々は運命共同体だと。

　私は決して多くを求めません。奥さんの幸せをほんのひとかけらだけ分けてくださるだけでいいのです。ご主人には絶対に知らせません。

　我々二人だけの秘密にしておけば、奥さんの幸せな生活にはなんの影響もありません。奥さんの幸せは私が誓って守ります」

　鮫島は言葉巧みに言いながら、絵里子に肉薄してきた。

「それ以上近寄らないで。声を出すわよ」

　絵里子が言ったときはすでに鮫島の腕に捕えられていた。

「やめて」

「いますぐにやめないでと言いますよ」

鮫島はせせら笑って、絵里子の最後の抵抗を蹂躪《じゅうりん》した。

二人の間には一年前の既成事実がある。その事実が弱味となって、彼女の抵抗を弱めた。

「私たちは相性がいい。こんな素晴らしい相性のパートナーにはめったに出会えるものではありませんよ。結婚して、奥さんの身体はますます素晴らしくなったようだ」

鮫島は抵抗の姿勢を捨てた絵里子の身体から衣服を剝奪《はくだつ》した。

「カーテンを引いて」

その言葉は彼女の屈伏を示していた。

「いいや、引かない。こんな素晴らしい眼福を自分から目を閉ざすようなもったいないことはできません」

鮫島は絵里子を犯す前に、目でおもう存分犯していた。

たがいの身体が蓋《ふた》をし合う形になる現実の情交よりも、一方的に視姦《しかん》される場合の方が屈辱は深く大きい。

鮫島は絵里子の屈辱と羞恥《しゅうち》を深く抉《えぐ》ることによって、サディスティックな喜びをおぼえているらしい。

そうすることによって、絵里子を情事へ逃れ込むような心理に追い込んでいた。

性の交わりは一種の共犯であって、一方的な視姦や玩弄のような屈辱感は少ない。

鮫島は絵里子を性交へ導く心理に追い込むために視姦したようだ。圧倒的優位と女の心理を踏まえての巧妙な手口である。

絵里子は鮫島に視姦されるよりは、実際に犯された方がましという気持ちになっていた。

絵里子は犯される前にすでに犯されていた。

鮫島は充分にお膳立《ぜんだ》てが整ったところで、宴《うたげ》の席に着いた。それは豪勢な肉食の宴である。

鮫島はこれまでの長い飢餓を癒《いや》し、この次いつありつけるかわからない獲物に備えて食い溜《だ》めをするように貪《むさぼ》り尽くした。

「どうだ、こんなのは初めてだろう。いや、二度目かな」

ようやく満ち足りて絵里子の身体を離した鮫島は、反芻《はんすう》するように舌を鳴らした。

充分満ち足りているはずでありながら、その目はまだ飢えている。

絵里子はぐずぐずしていると、鮫島の際限もない欲望をまた引き出すことを承知しながらも、全身が脱力して身動きできなかった。

犯されれば犯されただけ鮫島をつけ込ませる実績となる。

だが、もう充分に実績をつくってしまった。

今日の実績の上に立って、鮫島が新たに求めてくることはよくわかっている。それでいながら、鮫島に貪られた時間が、愛と、夫から切り離されたところで女の官能を燃やしていた。

それがまだ絵里子の身体の芯《しん》に強い余韻を引いている。

背徳と屈辱の余韻であるが、女の身体はそれを楽しんでいる。

（あなた、許して）

絵里子は夫に心の内で詫《わ》びた。

「また会いたいね」

鮫島が早速次の予約を求めてきた。

「もう会わないという約束よ」

「そんな約束はしたおぼえがないね」

「あなたはどこまで卑怯《ひきよう》なの」

「男は卑怯でなければ生きていけない」

「あなたはそのようにして生きてきたの」

「これからもね」

「あなたの卑怯のお相手はしないわよ」

「そうはいかないよ。それが我々の運命さ」

「あなたの運命で、私の運命ではないわ」

言葉を交わしている間に、ようやく身動きができるようになった。

絵里子は鮫島が体力を回復する前に身繕いをした。

夫婦の寄生虫

1

独居老人強盗殺人事件の捜査は膠着《こうちゃく》していた。

被害者と小滝を結びつけるものは、小滝の居所から発見された犯行計画書だけである。計画書の中に被害者と小滝の名前が特定されていない。部内には被害者と小滝を結びつけるのは早計であるという慎重意見もあったが、小滝以外の有力容疑者は捜査線上に浮上しなかった。

現場周辺に張られた聞き込みの網にも、有力な情報は引っかからなかった。

都会の深夜、奇跡的な真空時間帯に犯人（轢《ひ》き逃げ犯を含めて）は吸い込まれてしまったようである。

一方、狛江《こまえ》署では轢き逃げ事件の捜査が執拗《しつよう》につづけられていた。

轢き逃げ犯罪は本来、遺留資料が多い事件である。加害車両と被害者が接触した際に車の積載物、塗料片、ガラス片、微物などが現場に遺留される。

どんな微細な塗料抹一片からでも車種を割り出してしまう。

　この事件は犯行後死体が発見されるまでの間に現場周辺にかなり強い雨が降ったために塗料片が流出し、タイヤ痕《こん》などが消されてしまった。

　だが、捜査陣は被害者の衣服に付着していたわずかな塗料片を鏡検にかけて、塗装工程から車種を割り出した。

　塗料片を鏡検にかけて、本来の塗装に修復塗装を施していることがわかった。

　これのために車種の割り出しが遅れて、ようやくM社の九×年型GSS-II型と判明するまでに一年かかった。

　同車種は約三万四千台売られている。

　これを販売店の得意先台帳から二百台に絞り込んだ。

　この二百台を一台ずつ車当たり捜査を行なった。

　それぞれの所有者について、事故発生当時、車を修理に出したか否か、所有者の運転経歴、事故歴、生活態度などが調べられた。

　轢き逃げ犯人は加害車両をスクラップしてしまったかもしれない。

　解体後、廃車届（自動車抹消登録）をしなければ、車の実体はなくなっても、車籍上は生きている。

　事件発生後約一年四ヵ月にして、一台の容疑車を絞り込んだ。

　容疑車の所有者は中富弘一《なかとみこういち》、三十九歳、作詞家であった。

中富は容疑車種と同車種を所有しており、六月十日、世田谷区の板金工場に前部バンパー、フロントグリル等の変形を修理依頼した事実が判明した。

中富は修理依頼の際、運転を誤って電柱に接触したと言っていた。

「中富弘一といえば、いま売れっ子の作詞家で、ヒットメーカーじゃないか」

石井が若い相棒の野村に言った。

「よく知っているじゃありませんか。昨年『涙の隠れ家』で日本作詞大賞を取ってから売れまくっていますよ。彼の作詞した歌は悉《ことごと》くヒットして、いまや業界の救世主とか神様ともてはやされていますよ」

「轢き逃げ事件発生は、中富が作詞大賞の有力候補者としてマークされていた時期ではないかね」

「そうです。鮎沢寿美江《あゆさわすみえ》と競り合っていて、中鮎戦争と言われていました」

「こんな時期に車を人間に当てて殺してしまったら、受賞に影響するだろうね」

「それは影響しますよ。芸能界では人気が命ですからね。人身事故を起こしただけで、売れ行きが止まるかもしれません」

「つまり、中富は轢き逃げをしてもおかしくない下地があったということになる」

2

絵里子に対する鮫島の要求は次第に激しくなってきた。

鮫島は寄生虫が本来の宿り主に取りついたとき、宿り主に最小限の害しか加えないと言ったが、金銭の要求は絵里子の経済力の範囲に止《とど》まっていた。

宿り主が滅びれば、寄生虫も死んでしまう。鮫島はそのことをよく知っているようである。

絵里子にとっての脅威は、鮫島の要求に屈して身体を委《ゆだ》ねたことが実績となって、次の要求を断りきれなくなったことである。

二度会ったことが三度目の要求の下地となる。要求に屈すれば屈するほど、新たな要求を拒めなくなる。

絵里子が愕然《がくぜん》としたことは、鮫島の要求に屈従している間に、彼女の身体がいつの間にか鮫島の新たな要求を心待ちにしていることであった。

最初に出会ったときから鮫島とは身体がよくフィットした。初めて出会ったような気がしなかった。異性として相性のいい身体であった。

そんな下地があったところに、恐喝に屈してずるずると会っている間に、たがいの身体はますます馴染《なじ》んでいる。

鮫島に対しては一片の愛情もない。愛情どころか憎しみあるのみである。

それでいながら身体が求めている。

性愛から愛が引き出される場合もあるが、鮫島に対してはそれはあり得ない。

絵里子は瀬川を愛していた。夫婦になってから身体もよく調和している。本来、鮫島の入り込む余地などなかった。

それでいながら、鮫島の要求を心待ちしているとは、どういうことであろうか。

鮫島は絵里子を確実に滅ぼす甘い毒を彼女の身体に注《さ》し込んでくる。

その毒は決して夫からは得られないものであった。

彼女は鮫島という麻薬に取り憑《つ》かれていた。

麻薬中毒者は、麻薬が確実に心身を滅ぼすことを知っていながら、麻薬の毒に取り込まれていく。

麻薬を得るためならどんな罪を犯すことも辞さない。

人格を破壊し、人間性を喪失し、生ける屍《しかばね》となって麻薬を追い求める。

麻薬中毒から立ち直るためには、激しい禁断症状に堪えて麻薬を断たなければならない。

いまのうちならまだ立ち直れると、絵里子はおもった。

だが、絵里子が意志的に麻薬を断とうとしても、麻薬の方から追いかけて来る。

鮫島から逃げ切ることはできない。

「奥さん、おれから逃げようとしても無駄だよ。あんたとおれは運命共同体だからね。あんたの今日の幸福はおれと共有しているということを、いついかなるときでも忘れてはいけないよ。

だけど、もうそれだけじゃないよ。あんたの身体はおれを忘れられなくなっている。

おれからの連絡を首を長くして待っているんだろう。あんたの乱れぶりを旦那《だんな》に見せてやったら、もうこんなに濡《ぬ》れているじゃねえか。ほら、なんと言うだろうね」

鮫島は獣が獲物をなぶるように絵里子の身体をなぶった。

たしかに彼の言う通りであった。鮫島の注し込む毒が絵里子の身体を侵食している間に、鮫島はとんでもないことを言い出した。

「奥さん、おれはあんたの寄生虫だと言ったが、このごろその考え方を変えてきたよ」

「あなたが寄生虫でなかったら、なんだと言うの」

「寄生虫はいつまでたっても寄生虫だよ。おれは寄生虫の身分を捨てたくなったんだよ」

「だったら、もうこれから私につきまとわないで」

「寄生虫だからつきまとうということになるんだよ。寄生虫でなければ、あんたと晴れて会える。会う権利が欲しくなったんだ」

「権利ですって。あなたなんかにはなんの権利もないわ」

「だから権利が欲しいんだよ。あんた、旦那と別れておれと結婚しないかね」

「あなたと結婚！　あなた、一体なにを言っているのよ」

「言っていることの意味はわかっているさ。おれたち、とても相性がいい。拾った金も山分けした。

金を山分けしたんだから、人生も山分けしないかね。おれと一緒になれば、きっともっともっと幸福になれるよ」

「馬鹿なことを言わないでよ。瀬川と別れてあなたと結婚することなどあり得ないわ。のぼせ上がるのもいいかげんにしてちょうだい」

「おれは冷静なつもりだよ。あんたにはまだ子供がいない。新婚ほやほやと言ってもいいだろう。湯気の立っている身体で、不倫の関係を結んでいるんだから、よほどおれと相性がいいとおもっていいんじゃないかな。

まして、おれたちには金を山分けにした実績がある。つまり、旦那よりもおれの方があんたとのつき合いが古いわけだ。この際、不倫の関係を清算して一緒になるべきじゃないかな。そうすれば、もうおれは寄生虫ではなくなる。あんたも寄生虫に取りつかれているよりは、人生のパートナーと一緒にいる方がいいだろう」

「おもい上がらないでちょうだい。あなたは寄生虫でいられるだけでも感謝すべきよ。あまり増長すると、寄生虫の身分まで失ってしまうわよ」

「そんなことを言っていいのかな。おれが寄生虫と言っているのは、謙遜《けんそん》しているんだぜ。おれのおかげであんたも旦那もお幸せな家庭とやらも成り立っていることを忘れちゃいけないよ」

鮫島は凄《すご》んだ。

鮫島に言われて、絵里子は鮫島が自分一人ではなく、瀬川にも取りついていたことに気づいた。

瀬川はその事実を知らない。このまま放置しておけば、鮫島は絵里子だけではなく、瀬川をも滅ぼしてしまう。寄生虫の害が夫に及ぶ前に、なんとか手を打たなければならない。

絵里子の胸の内に危険な意志がゆらりと揺れた。

以前から萌芽《ほうが》していたが、いままで気づかなかった。鮫島の注し込む甘い毒に理性が痺《しび》れて、鮫島に対して芽生えた危険な意図を眠らせていた。

鮫島の害が夫に及ぶと悟って、危険な意志が目覚めたのであるから、それは危険な理性と言うべきであろう。

鮫島を駆逐することは絵里子一人の護身ではなく夫を守るためでもある。

下地があっただけに、殺意は速やかに固定した。

火は全身に燃え広がっている。いまのうちに消し止めなければ、手の施しようがなくなる。

始末の悪いことに、絵里子がその延焼を喜んでいる。官能の油田に火が点《つ》き、心身を燃え尽くすとわかっていながら、火の手が燃え広がるのに任せている。

その火が夫に届く前に、夫に悟られる前に消し止めなければならない。

幸いに絵里子と鮫島の関係を知る者はだれもいない。

鮫島がある日突然この世から消えようと、絵里子と結びつける者はいないであろう。

唯一の証拠物件は轢《ひ》き逃げ被害者の金を山分けしたときの二人の間の会話の録音であるが、録音の内容からは絵里子の名前も素性もわからない。

鮫島はいみじくも言った。寄生虫の身分を止めたいと。

宿り主が寄生虫を駆除しても、なんら悪いことはない。

夫に悟られぬ間に夫婦の寄生虫を駆除して、瀬川家の幸せを磐石《ばんじゃく》に据えるのだ。

問題は駆除の方法である。

相手は海千山千の寄生虫であるから、生半可な方法では駆除できない。へたをするとこちらが返り討ちに遭ってしまう。

鮫島本人から返り討ちに遭うだけでなく、司直の追及を受けても、結果は返り討ちと同じになる。

絵里子にとっては寄生虫であっても、社会的には一応人間として認められているのであるから、完全犯罪で駆除しなければならない。

殺意が確定して、絵里子は吹っ切れた。

鮫島は絵里子の危険な意図に気づいていない。鮫島にとって絵里子は獲物である。獲物が逆襲を企てているとは夢にもおもっていない。

鮫島が絵里子を馬鹿にして、油断をしている間に排除してしまわなければならない。

まともに戦ったのでは鮫島の敵ではないが、鮫島の油断に絵里子の勝機がある。

鮫島に対する殺意を固めてから、絵里子を慄然《りつぜん》とさせるような事件が起きた。

ある日曜日の朝、チャイムになにげなく応答した絵里子は、

「鮫島です。突然お邪魔いたしまして申し訳ございません」

とドアホンから語りかける声に愕然《がくぜん》となった。

ちょうど夫婦差し向かいの朝食が終わって、休日の朝を寛《くつろ》いでいるときであった。かたわらには夫がいる。

驚愕《きょうがく》から立ち直った絵里子は、

「どんなご用件でしょうか」

と無表情な声で問うた。

「ちょっと近くにまいりましたものですから立ち寄らせてもらいました。旦那さんがいらっしゃったらご挨拶《あいさつ》したいとおもいましてね」

鮫島は他人行儀な声を造って言った。

「間に合ってます。いまちょっと立て込んでおりますので」

絵里子はドアホンを切った。

「だれだい」

夫が尋ねた。

「セールスマンよ」

絵里子はなにげない顔を造って言った。

「日曜日の朝から熱心なセールスマンだな」

「日曜日の朝なら家にいるとおもってまわっているんでしょ」

「なんのセールスマンだい」

夫に聞かれて、ちょっとつまったが、

「生命保険だったかしら。よく聞かなかったわ」

夫はふーんと言って興味を失ったらしく、新聞に目を戻した。

絵里子には鮫島の意図がわかっていた。

夫から鮫島に乗り換えるようにと要求してきた鮫島が、デモンストレーションをしてきたのである。

おれはもう寄生虫ではないぞ。早く瀬川と手を切っておれに乗り換えろ。さもないと旦那にすべてをばらすぞ、と恫喝《どうかつ》をかけてきたのである。

鮫島にはいまのところ、瀬川に直接会おうとする意志はない。絵里子の自宅のチャイムを押すだけで、彼女を震え上がらせる恫喝の効果を知っている。

これは鮫島の恫喝であり、催促であった。

日曜日の静かな安息は地獄に突き落とされた。

しかも、その地獄を夫に悟られてはならない。絵里子一人の胸に秘めて対処しなければならない。

鮫島の訪問によって、絵里子の殺意は確固不動のものとなった。

もはや一刻の猶予もならない。絵里子と夫の安全のために、そして二人の家庭を守るために、速やかに鮫島を排除しなければならない。

持ち去られた痕跡《こんせき》

1

十月二十四日夜、絵里子は一大決意を固めて、マイカーを駆って家を出た。

夫は研究グループの懇親旅行に泊まりがけで出かけて、今夜は不在である。

鮫島は、ようやく夫と離婚する決心ができたので、その話し合いをしたいと偽って誘い出した。

鮫島は一昨日《おととい》ついうっかりキーをつけたまま停車している間に車を盗まれたと言った。

それは絵里子の計画にとって好都合であった。

約束した場所に鮫島は待っていた。

車に乗り込んで来た鮫島は、

「ようやく決心がついたそうだな。賢明な判断だということがすぐわかるよ」

と、すでに絵里子の夫気取りである。

「先日のようなことをされては、せっかくの私の苦労が水の泡になるわ。少しは自重してね」

絵里子は甘えて、少し怨《えん》を含んだような口調で言った。

「ちょっと脅かしてやりたかっただけさ。そんなに大袈裟《おおげさ》に取ることはないよ」

「彼を説得して、ようやくその気にさせたばかりなのだから、そんなところにあなたが現われたら、どんなことになるかわからないわよ」

「わかったよ。もうあんなことはしない。

ところで、今日は少しまとまったものを持って来てくれたか」

鮫島は早速催促した。

すでに結婚の約束をしたのであるから、財産も共有だという理論で、これまでになかったまとまった金額を要求してきている。

「あなたは私が欲しいの。私のお金が欲しいの」

「その両方だよ」

鮫島は臆面《おくめん》もなく言った。

「どうだかわかったもんじゃないわ。二人の共有になるなら、そんなに慌てて欲しがることないじゃないの」

「急に必要になったんだよ。旦那《だんな》が困っているんだから、女房が助けるのは当たり前だろう」

「まだあなたの女房になったわけじゃないわよ」

「なったも同然さ」

「あまりお金お金と言われると、私よりもお金が目当てじゃないかとおもっちゃうわよ」

「そんなに拗《す》ねるなよ。せっかくの器量が台なしになっちゃうぜ」

「言われた通り二百万、用意してきたわ。なんに使うの」

「やぼは言わないこと」

「共有のお金なんだから、聞く権利があるでしょう」

「借金の返済だよ」

「二百万も借金したの」

「麻雀《マージャン》で負けがこんでさ」

「二百万も賭《か》けたの」

「まあまあ、いまから女房面すると嫌われるよ」

「嫌われた方が幸せかもね」

「そういう憎まれ口をたたくもんじゃないよ。せっかく大金を持ってきてくれたんだ。今夜はゆっくりできるだろう」

　鮫島の目が色と欲の二重塗色をされた。

「どうしようかと迷っているの」

「帰りたいと言っても帰さないよ」

「帰さないのはお金の方じゃないの」

「両方だと言っているだろう」

鮫島は助手席から絵里子の腰に手を伸ばした。

「危ないわよ。後でたっぷり食べさせてあげるわ」

「しばらく会っていないので、飢えているんだよ。今日はたっぷり補給してもらうぜ」

「先週会ったばかりじゃないの」

「一週間離れていたら充分に飢えるよ。きみはなんともないのか」

「なんともないかどうか、すぐにわかるわ」

絵里子は流し目に睨《にら》んで、含み笑いをした。

「この近くにモーテルがあるのかい」

「いいモーテルを見つけたの。全室離れになっていて、とても閑静なところよ」

「旦那と行ったんじゃないのかい」

「どうして旦那と行く必要があるの」

「それもそうだな。すぐにおれたちもそういうところへ行く必要がなくなる」

鮫島は早くも悦楽の期待に全身を弾ませている。

絵里子はあらかじめ用意しておいた塩昆布を取り出すと、まず自分の口に入れてから
鮫島に一枚差し出した。

「なんだい、これは」

「眠気覚ましよ。肝心のときに眠くなると困るものね」

絵里子は意味ありそうに笑った。

「眠くなる。そんなもったいないことはしないさ」

鮫島は絵里子の手から塩昆布を受けとって、無造作に口の中に放り込んだ。

「少し塩辛いな」

「塩昆布だもの。塩辛いのは当たり前じゃないの」

塩昆布をチューインガムのように充分嚙《か》ませた後、絵里子は頃合いよしと見計らって、これも用意しておいた魔法瓶から紅茶を注いで勧めた。

「これは用意がいいねえ」

塩昆布には喉《のど》の渇きを促すと同時に睡眠薬入りの紅茶の味変りをごまかす効果がある。鮫島はなんの警戒もせずに、絵里子が差し出した紅茶を飲み干した。

紅茶の中にはたっぷりと睡眠薬が仕掛けられてある。

間もなく鮫島は鼾《いびき》をかいて眠り始めた。

「早速おねんねしちゃったのね。そのまま永久に眠っていらっしゃい」

絵里子はほくそ笑んで、車を人家から離れた森の中に入れた。

薬の効果で熟睡している鮫島の首に細引きを一周して、渾身《こんしん》の力をこめて引き絞ると、鮫島はぐえっと蛙が踏みつぶされたような一声をあげて手足を痙攣《けいれん》させたが、呆気《あっけ》なく絶息した。

絵里子はしばらく様子を見守っていたが、蘇生《そせい》する気配はなかった。

生まれて初めての殺人であったが、人を殺したという良心の呵責《かしやく》はまったく感じなかった。

人間を殺したのではない。寄生虫を駆除したのである。

これで絵里子と夫に取りついていた寄生虫は駆除して、完全に自由になった。

常に暗雲が垂れ込めていた頭上に、蒼《あお》い晴れ間が覗《のぞ》いてきたように感じた。

だが、まだ完全な青空になったわけではない。

鮫島の死体を始末し、司直の追及を振り切ってから初めて完全に寄生虫を駆除したと言える。

絵里子は今日の決行に備えて、下見をしておいた山中に鮫島の死体を運んで埋めた。

車道から離れた場所に深く掘って埋めたかったが、女一人の力では重い鮫島の死体を運搬できなかったので、やむを得ず車道の近くの山林に浅く掘って埋めた。

車道の近くではあるが、人の入り込まない場所である。

殺害後、死体を始末して自宅に帰って来たときは、夜が白々と明けかけていた。

一睡もしていなかったが、少しも眠くない。絵里子は自由の素晴らしさを実感した。

もはや彼女と夫の家庭を脅かす者はいない。

絵里子は今夜帰って来る瀬川のために、腕によりをかけて家庭料理を作った。

夫から託された植物の手入れをして、料理を用意している間に、夫の帰宅する時間が迫ってきた。

彼女にとって最も長い一日であるはずが、とても短く感じられた。

2

中富弘一を訪問したのは石井と野村である。

狛江署では、まず中富から任意に事情を聴いて、本人の自供を得てから逮捕しようという方針であった。

いまをときめく流行作詞家とあって、なかなか捕まえられなかったが、十月二十日朝、ようやく自宅にいることを確かめた石井と野村は、中富家の玄関に立った。

世田谷区の閑静な住宅街の中の新築間もない瀟洒《しようしや》な二階屋である。

彼はこの家に仕込みっ子と称する若い女性三人と一緒に住んでいる。

三十九歳でまだ独身である。

ヒットメーカーとしてレコード会社のドル箱となっている中富は、中富天皇とささやかれるほど、羽振りがよい。

二人が訪問したときは、中富はまだベッドの中にいた。

二人の突然の訪問は、中富にショックをあたえたらしい。

弟子に起こされて寝ぼけまなこでベッドから抜け出して来た中富は、石井と野村の素性を聞いて、眠気を吹き飛ばされたようである。

「警察の方が、どんなご用件でしょうか」

中富は二人の来意を問うた。

「突然お邪魔いたしまして申し訳ありません。せっかくお休みのところを恐縮ですが、昨年六月六日の夜、どちらにおられたかお聞かせいただけませんか」

石井は低姿勢に切り出した。

「昨年の六月六日の夜……さあ、そんな前のことを突然聞かれてもおぼえていませんが、それがどうかしたのですか」

「ある事件の参考におうかがいしております」

「ある事件とはどんな事件ですか」

中富の面《おもて》に不安の色が濃く塗られている。

「狛江市域で轢《ひ》き逃げ事件が発生しまして、我々はその捜査を担当しています」

「轢き逃げ……」

中富の表情が強張《こわば》った。

「お心当たりがおありですか」

「いえ、心当たりなんかありません。その轢き逃げに私がどんな関係があるのですか」

中富は少し開き直ったようである。

「六月六日の夜、轢き逃げ現場の近くで先生のマイカーを目撃したという者がいるのですが」

「私の車を目撃した……同じ車はいくらでもありますよ」

中富は強張った表情に無理に笑いを作った。

「被害者の衣類に付着していた塗料抹から、容疑車両を約二百台に絞り込み、一台一台車を当たった結果、先生の車が残ったのです。他のすべての車のオーナーにはアリバイが成立しました」

「車なんかだれにでも貸すことができる。車のオーナーにアリバイが成立しても、その車がシロになったわけではないでしょう」

「それはあり得ますね。しかし、車と人間が接触すれば、車もかなりの損傷を被ります。他の二百台の容疑車両には接触痕跡《こんせき》が見当たらず、修理を施した記録もありません。そこで先生のアリバイと、先生の車を調べさせていただきたいのですが。先生に後ろめたいところがなければ、ご協力願えませんでしょうか」

石井はつめ寄った。

中富の顔が蒼白《そうはく》になった。

「先生、いかがでしょう。昨年六月六日深夜、どこでなにをされていたか、メモを見ていただけませんか。また当夜、だれかに車を貸したおぼえがないか、おもいだしていただけませんか」

石井はさらに中富をコーナーへ追いつめた。

中富は蒼白になって全身を小刻みに震わせ始めた。

中富弘一はついに犯行を自供した。

彼の自供によると、

「六月六日夜、レコード会社のディレクターと飲んで帰宅途中、現場を通りかかりました。酒が入っていました。深夜、道が空《す》いていたので、スピードを出していました。新作の手応《てごた》えがよく、気分が高揚していました。昼間の渋滞の鬱憤《うっぷん》を晴らすために、おもわずアクセルに力が入りました。

そのとき路上に飛び出して来た黒い影がありました。なにかに追われるように飛び出して来た人影を躱《かわ》し切れず、したたかに接触してしまいました。

接触後いったん停車したのですが、通行車も通行人もないところから、そのまま現場から逃げ出してしまいました。動転して、いったん現場から逃げたものの、途中で轢き逃げの罪に怯《おび》えて様子を見るために現場へ引き返して来ました。もし被害者がまだ生きていたら、病院へ運ぶつもりだったのです。

ところが、被害者は記憶にある路上の位置になく、道路の片側へ移動されていました。私の後に現場を通りかかった通行車のドライバーが、交通の障害になるので死体を移動したのだとおもいます。

被害者はすでに息が絶えていました。目、耳、鼻、口から血を噴き出していて、おそらく即死同様に死んだのだとおもいます」

「そのとき死体のかたわらに金は落ちていなかったか」

石井は問いただした。

「金、金なんか落ちていません」

中富の表情にはなんの反応もなく、特に嘘をついている様子も見えなかった。

「轢き逃げの被害者は八千万ないし一億円の大金を持っていた疑いがある。その金を入れた鞄《かばん》、あるいは袋のようなものが被害者の身辺に転がっていたはずだ」

「八千万ないし一億円！　そんな大金どころか、一円もありませんでしたよ。八千万から一億円なんていう大金が転がっていれば、必ずわかったはずです」

「我々はあんたが被害者を轢いた後、毒を食らわば皿までと、その金を持ち逃げしたのではないかと疑っているんだよ」

「私が持ち逃げ……とんでもない。私が持ち逃げしていれば、現場にのこのこと舞い戻って来たりしませんよ。私はたしかに轢き逃げしましたが、良心の呵責《かしやく》から、現場に戻って来たのです。しかし、現場には一億円どころか一円も落ちていませんでした。私を持ち逃げ犯人として疑うなんて見当外れもはなはだしい……そうだ。被害者の死体は道路の片側に移されていました。被害者を移動した人間が、金を持ち去ったのではありませんか」

重大な嫌疑をかけられた中富は必死に訴えた。

「良心の呵責《かいたい》をおぼえて現場に戻って来たとしても、死体のかたわらに大金を見つけたので、拐帯したのではないのか。あるいは被害者と接触した時点で大金を見つけたので、金と共に逃げたとも考えられるよ」

「私はたしかに被害者を轢きましたが、金の持ち逃げはしていません。

私にとって一億円は大金ではありません」

中富は必死に抗弁した。

「あんたが金を持ち去っていなければ、だれが持ち去ったと言うのかね」

石井は追及した。

「そんなことは知りません。私が被害者と接触した後、現場に戻って来るまでの間に行き合わせただれかが、持ち去ったのでしょう」

「あんたが被害者と接触した後、現場へ戻って来るまで、どのくらい時間がかかったかね」

「そんなに長い時間ではなかったとおもいます。十分か、せいぜい十五分ぐらいだったとおもいます」

「その十分ないし十五分の間に、被害者の位置が移動して、金が消えていたと言うのか」

「被害者が金を持っていたということは確かなのですか」

中富が反問した。一瞬、石井はつまった。

小滝が金田老人を殺害して金を奪ったことはほぼ確実視されているが、確認されていない。

石井の一瞬の沈黙に、中富は、押し被《かぶ》せるように、

「私は被害者がそんな大金を持っていたことは知りません。もし被害者が八千万ないし一億円を接触時に所持していたのであれば、その証拠があるはずです。その証拠を示さずに、どんな証拠から私が持ち去ったと断定するのですか」

と問い返した。

中富は捜査陣の弱点を的確に衝《つ》いてきた。

小滝が金田老人の金を所持していたとするのは、あくまで推測の域を出ない。小滝が金田の金を持っていたことを立証する術《すべ》はない。

中富の逮捕に伴って、彼の自宅や事務所および関係各所が捜索されたが、金は発見されていない。

たしかに中富の主張する通り、ヒットメーカーとして高額納税者番付にランクされる彼は、金に窮していたともおもえない。

事情聴取に先立って私生活を内偵したが、生活状態は裕福で、余裕があった。

女性関係は華やかであったが、特定の女性はいない。複数の恋人の運営に金に追われていた状況もない。

「あんたが現場に戻って来たとき、なにか気がついたことはなかったかね」

石井は質問の矛先を変えた。それは金の持ち去り犯人を中富以外のべつの人間と想定しての質問である。

「特に気がついたことと言うと……」

「どんなことでもいい。たとえば現場にだれかがいたとか、なにか落ちていたとか、何かを見たとか、音やにおいがしたとか、どんなことでもいい、なにか気がついたことはなかったかね」

「そう言われても、特に気がついたことはありません」

「あんたが金を持ち去っていなければ、べつの人間があんたが現場へ戻ってくるまでの十分ないし十五分の間に持ち去っているはずだ。持ち去った犯人のなにかの痕跡《こんせき》が現場に残っていたかもしれない。あんたがその痕跡に最も近づいた人間ということになる。あんたが持ち去り犯人でなければ、持ち去った真犯人の痕跡をおもいだすんだね」

石井は執拗《しつよう》に追いすがった。

3

「真犯人の痕跡なんてありません」

「痕跡がなければ、あんたが金を持ち去った犯人ということになるよ」

石井は強引に押しかぶせた。

「そ、そんな馬鹿な」

中富の声は悲鳴に近くなった。

「あんた以外に犯人がいなければ、あんたが最も金に接近している人間だ。しかも被害者を轢《ひ》いて毒皿の心理になるに無理のない状況にある。あんたは金を持ち去った証拠を示せと言っているが、被害者を轢き逃げした事実を認めたあんたは、被害者が携帯していた金を持ち逃げしなかったことを証明する責任があるんだよ」

　中富は石井に挙証責任を転換されて、咄嗟《とっさ》に返すべき言葉につまった。

「現場でなにか気がついたことはなかったか。なにか変わった音を聞いたり、妙なにおいを嗅《か》いだり、見慣れないものを見たりしなかったか。あるいは現場からなにか拾わなかったか……」

　石井は繰り返した。

「特に気がついたことはありません」

「現場でなにか拾ったものはないかね」

「なにも拾いません。むしろ私が落としたものがないか注意したほどです。現場にホテルカードを落としたので拾い返しました」

「ホテルカードを落とした……どうしてそんなものを落としたんだね」

　石井の目が光った。

「その日、ホテルで少し休憩して帰って来たのです。現場へ様子を見に戻ったとき、ポケットからハンケチを取り出したはずみに、ホテルのキーカードを落としたので、拾い返しました」

「レコード会社のディレクターと飲んで、帰宅途中ではなかったのかね」

「ディレクターと別れた後、酔いを醒《さ》ますために少しホテルで休んだのです。チェックアウトするとき、そのまま持って来たキーカードを現場に落とし、拾いました」

「車に乗っていたのは本当にあんた一人だったのか」

「本当です」

「現場に落として拾い返したというホテルカードをいまも持っているかね」

「一年以上も前の不用になったホテルカードを持っているはずがないじゃありませんか」

「拾い取ったホテルカードはどうしたんだね」

「たぶん車のダッシュボードに放り込んだとおもいます」

「そのダッシュボードからホテルカードを取り出したかね」

「さあ、どうしたか。不用になったものなのでおぼえていません」

「だったら、まだダッシュボードの中にあるかもしれないな」

早速、中富のマイカーのダッシュボードが調べられた。

地図や修理工具などの雑品に混じって、ホテルカードが残っていた。

「あんたは物持ちがいいよ。一年以上前のホテルカードがダッシュボードに保存されていたよ」

捜索した石井自身が、ホテルカードがあったことに驚いている。

「まさかあるとはおもいませんでした」

中富も自分が供述したことでありながら驚きの色を隠さない。

「六月六日、新宿プリンセスホテル三一〇二号室、これにまちがいないね」

石井は念を押した。

「新宿プリンセスホテル？」

中富が首をかしげた。

「どうしたね」

「新宿プリンセスホテルですか」

中富が問うた。その面に不審の色が塗られている。

「どうしたね。新宿プリンセスがどうかしたのか」

「新宿プリンセスホテルではありません」

「なんだって」

「私が当夜休憩したのは、新宿ブラザーズホテルです」

「本当かね」

「本当です。このホテルカードは当夜、私が休憩したホテルのカードではありません」

「しかし、あんたが現場から拾ってダッシュボードの中に入れておいたんだろう」

「そうです。私は新宿プリンセスホテルは利用したことがありません。新宿ではいつもブラザーズホテルを利用しています」

「それにもかかわらずなぜプリンセスホテルのカードがあるんだね」

「さあ、私にもわかりません」

「もしかすると、あんたはちがうホテルカードを拾ったのかもしれないな」

「ちがうホテルカード？」

「そうだ。現場は暗かったんだろう」

「街灯の光も届かず、そのために突然飛び出して来た形の被害者を避け切れませんでした」

「暗い場所に似たようなホテルカードが落ちていた。あんたはそこでべつのカードを拾ったんだ」

「すると、現場に私が落としたホテルカードのほかに、このカードが落ちていたことになりますね」

「そういうことになるね」

「それでは私のカードはどこへ行ったのですか」

「あんたのカードは風に吹き飛ばされてしまったんだろう」

石井の胸の内で一つの推測が急速に醸成されている。

中富が現場にブラザーズホテルのカードを落とした前に、プリンセスホテルのカードが落とされていた。

カードの発行日付は同じである。

すると、カードの落とし主としては、まず被害者が考えられる。

だが、被害者でなければ金を持ち去った犯人か、あるいは当夜、現場に来合わせた通行人ということになる。

ホテルから裏づけを取るまではなんとも言えないが、被害者の小滝が金田老人を殺害して金を奪うことを計画していたとすれば、犯行当夜、新宿プリンセスホテルに部屋を取る必要はなかったはずである。

ホテルから金田老人の家に来た可能性もないことはないが、犯人の行動としては自宅から被害者宅に直行するのが、他人の目に触れる機会も少なくなって自然である。

また、持ち去り犯人以外の通行人が当夜、現場に落としたとすれば、轢き逃げ発生前か、あるいは轢き逃げ以後、中富が現場へ舞い戻って来るまでの間ということになる。

だが、轢き逃げ以後であれば当然、現場に死体と金を発見したはずである。

持ち去り犯人がすでに金を持ち去った後であっても、小滝の死体と（たとえ死体が接触地点から移動されていても）、轢き逃げの痕跡《こんせき》を発見したはずである。

カードが風に乗って飛んできたとしても、それほど遠方からではあるまい。

そのような状況にもかかわらず、通行人はなぜ事件を通報しなかったのかという疑問が残る。

いずれにしても、中富のマイカーのダッシュボードから発見されたホテルカードは、決して無視できない資料であった。

4

早速、新宿の二つのホテルに問い合わせられた。

昨年六月六日午後八時過ぎから午後十一時半ごろまで、中富が新宿ブラザーズホテル二〇一二号室に休憩した事実が確認された。

ホテルの記録では入室客数は二人となっていた。

石井がおおかた察しをつけた通りである。

その点を中富に問いただすと、

「実は女を拾ったのです。路傍に立っていた女に声をかけられて、ホテルに入りました。名前も知らなければ顔もおぼえていません」

中富は言った。

女を庇《かば》わなければならない事情があるとすれば、ホテルカードを拾い返したとは告げなかったはずである。

つまり、中富にとって当夜のパートナーとして、その存在が明らかになってもそれほど不都合ではない女であったのだ。

一方、同じ夜、新宿プリンセスホテル三一〇二号室を取った客は鮫島邦夫、住所は中野区上高田五、職業・映像作家とホテルのレジスターカードに本人が直接記入していた。

なお、同ホテルの記録によれば、鮫島邦夫は同夜以前、三年間に五回宿泊している。

五回ともダブルルームを取り、女性を同伴していた。

そして当夜以後は宿泊記録はない。

鮫島がレジスターカードに記入した住所を調べたところ、該当者はいなかった。

鮫島のチェックインを担当したフロント係によると、年齢は二十代後半から三十代前半、身長百七十前後の色の浅黒い、押し出しのいい厚みのある人物ということであった。到着のつど、異なる女性を同伴していたそうである。

女性の名前はすべてひろみと記入されている。

中富には鮫島という人物には心当たりがないということである。

金田満之介、小滝友弘の人間関係にも鮫島なる人物は存在しない。

ここに鮫島邦夫という新たな人間が捜査線上に浮上して来た。

「鮫島のホテルカードが現場に落ちていたからといって、彼を関係人物とするのは早計ではないか」

という慎重意見も捜査本部にはあった。

だが、事件当夜、現場にホテルカードを遺留した主は無視できないという意見が大勢を占めた。

鮫島邦夫なる人物像は曖昧模糊《あいまいもこ》として烟《けむ》っている。

ホテルのレジスターカードに記入した住所には該当者は存在しない。本人が書き込んだ映像作家という肩書から、写真作家協会やテレビ関係の業界に問い合わせたが、該当する人物はいなかった。

レジスターカードに記入された名前と住所は虚偽であり、鮫島を追う手がかりはなにもなかった。

「昨年六月六日、鮫島がプリンセスホテルに最後に宿泊した夜、女を同伴していたが、彼女はどこへ行ってしまったのかな」

石井がつぶやいた。

「毎回べつの女を連れて来ていたそうですから、プロの女ではありませんか」

「その確率は高いが、鮫島が同夜、ホテルにいた時間は、午後八時二十分から午後十一時半ごろまでだ。

プロの女にしては滞在時間が長すぎるような気がするが」

プロの女性ならば、せいぜい一時間半から二時間が相場である。

「女が先に帰ったのではありませんか」

「そうだね。もし一緒にチェックアウトしたとすれば……」

「ダブルではありませんか」

野村が言った。

「なるほど。敵娼《あいかた》が気に入ってダブルにしたということも考えられるね」

石井が古めかしい言葉遣いをした。

「敵娼ですか。懐かしい言葉ですね」

「もし敵娼がプロでなかったら、どこへ行ったんだろうな」

「ホテルを出てから別れたんじゃありませんか」

「ホテルで一緒に過ごした男女が、ホテルを出てすぐに別れるというケースは多いが、同じ車に乗って女を家まで、あるいは途中まで送って行くという場合も少なくないよ」

「なるほど。鮫島が現場を通りかかったとき、女が一緒にいたという可能性もありますね」

「鮫島が現場を通りかかったとき、女が一緒にいたとすれば、彼女はどこへ行ってしまったんだろう」

石井が疑問を提出した。

鮫島が持ち去り犯人であれば、金を横奪《よこど》りしようとしたとき女を説得しなければならなかったはずである。

女が同意しなければ、彼女が警察に通報したであろう。だが、そんな通報はなかった。

「持ち去り犯に女が同行していて、彼女の同意を得たとすれば、女も共犯になりますね」

「そういうことだよ。とにかく鮫島がホテルに同行していた女も無視するわけにはいかないな」

「しかし、女の手がかりはまったくありません」

鮫島のレジスターカードから浮上した女性同伴者の存在は、複数の持ち去り犯人の可能性を示唆するものであるが、そのことはすでに棟居と本宮桐子の間で検討されている。

だが、その時点では中富の逮捕前でもあり、鮫島のホテルカードも発見されていない。

偶然、現場に通り合わせた複数の持ち去り犯人が金を発見して悪心を起こし、その場で共謀して金を山分けしたという棟居、桐子説をさらに発展させたものである。

鮫島の追及はプリンセスホテルで終わった。そこから先に鮫島の足跡《トレース》はない。

不安な呪文《じゅもん》

1

十一月二十六日午後三時ごろ、登山者から神奈川県警厚木《あつぎ》警察署に、厚木市域内の大《おお》山《やま》山中に男の死体が埋められているという通報が寄せられた。

厚木署員が臨場して調べたところ、死後経過一ヵ月と推定される二十代後半から三十代前半と見られる男の変死体が山林中に埋められていた。

死体は地表から約三十センチの土中に埋められていたのが、遺棄後何回か降った雨に土が流されて、死体の一部が現われたものである。

検視によって、甲状軟骨が折れ、絞殺の痕跡《こんせき》が認められた。

死者は茶のブレザーと同色のズボンをまとっていたが、ブレザーにネームは入っておらず、身許《みもと》を示すようなものをなにも身に付けていない。

なお、死体のズボンの裾《すそ》に一枚の葉のついた直径一センチ程度の楕円《だえん》形の刺《とげ》のある植物の実と小さな種子が付着していた。

発見現場、あるいはべつの場所で殺害されて死体が運ばれて来た場合は殺害現場で付着したものかどうか、すぐには見分けがつかない。

翌日、厚木署に捜査本部が開設され、本格的な捜査が始められた。

解剖によって死後経過約一ヵ月、死因は索条（ひも）を首に一周して強く絞め気道閉鎖による窒息、すなわち絞殺。死体は腐乱しており、腐敗した胃内容の混濁液から催眠剤の成分が証明された。

このことから、被害者は催眠剤を飲まされて眠っているところを、絞殺されたものと推定された。

したがってべつの場所で殺害されて、死体を発見現場まで運ばれて来たと見られた。

死体のズボンに付着していた植物の実は、農業技術研究所に鑑定を委嘱して、オナモミと呼ばれるキク科植物およびハマウツボ科の寄生植物ナンバンギセルの種子と鑑定された。

オナモミはユーラシア大陸に広く分布し、北アメリカにも広がっている一年生草木で、日本には古く大陸から入り込んでいる。

木は一メートル前後で、路傍の低地や河原などの荒地に自生している。

この植物は人間あるいは動物に付着して実が移動し、分布区域を拡げて行く動物依存型の植物であるという。

オナモミは現場付近にも、また日本のどこにもありふれている植物である。またナンバンギセルはススキの根に寄生して開花し、木もありふれている。だが現場にはススキもナンバンギセルも見当たらなかった。死体に付着していたオナモミとナンバンギセルから、死体が運ばれて来た場所を割り出すことはできなかった。

2

厚木署の捜査本部では、当初の捜査方針を被害者の身許割り出しにおいた。捜査は被害者の身辺から立ち上がる。

警察庁の前歴者、指名手配者、捜索願を出された行方不明者のファイルに被害者の身体特徴を照会したが、該当者はいなかった。

被害者のモンタージュ写真が報道された。

反応はすぐに現われた。

狛江署の石井の許《もと》に、先日聞き込みに行った新宿プリンセスホテルのフロント係から、厚木市域の山林から発見された死体の主は、照会のあった三一〇二号室の鮫島邦夫にまちがいないという情報が寄せられた。

狛江署は緊張した。ホテルの情報が正しければ、狛江署がマークした人物は殺害されて山中に埋められていたことになる。

「意外な展開になりましたね。鮫島が殺されたことと、金の持ち去りとは関係あるでしょうか」

野村が言った。

「うん、昨年の六月六日、鮫島が最後にプリンセスホテルに女を同伴して以後、彼の足跡は絶えている。死後経過約一ヵ月というから、プリンセスホテル以後、推定死亡時期まで一年四ヵ月以上、その間の鮫島の行動は不明だが、時間が開きすぎているな」

「必ずしも山林死体と金の持ち去り事件とが関係あるとは決めつけられませんね」

「決めつけられないが、一年四ヵ月前とは言え一億円近い金の持ち去り事件に関わっていれば、殺人の動機としては充分だね」

「被害者が鮫島と確認されれば、成城や厚木と関わってきます」

轢《ひ》き逃げ事件が多方面に波及しそうな気配に、野村の表情も緊張している。

鮫島邦夫のモンタージュ写真報道に、さらに反応が現われた。

渋谷《しぶや》区笹塚《ささづか》三丁目のアパート「陽光荘」の家主から、二〇六号室の入居者鮫川正之《さめかわまさゆき》が、約一ヵ月前から荷物を部屋に放置したまま帰宅しないが、報道されたモンタージュ写真に似ているという届けが管轄署に出された。

代々木《よよぎ》署から連絡を受けた厚木署から捜査員が笹塚に出向いて、代々木署員と共に陽光荘二〇六号室を調べたところ、室内は生活をつづけていた痕跡があり、帰って来るつもりで短時間の外出をしたという模様であった。

陽光荘の家主に解剖後、保存されていた死体の確認を依頼したところ、二〇六号室の入居者鮫川正之であることを認めた。

大家の話によると、鮫川はフリーの映像作家という触れ込みで、約二年前に規定の前家賃や敷金を払って入居したということである。

大家は映像作家という職業がどんなものか知らなかったが、折り目正しい話し方と立派な恰幅《かっぷく》を信用して入居させた。

夜から出かけたり、数日留守をしたり、一日中部屋に閉じこもっていたりしてライフパターンは不規則であったが、家賃はきちんきちんと入れていた。

時折異なる女性が訪問していたということである。

NTTの記録が調べられたが、特定の女性は浮上しない。

受け持ち交番の巡回連絡は、本籍地・新潟県直江津《なおえつ》市、職業・映像作家、緊急連絡先として本籍地と同じ住所の鮫川邦夫という人物が記入されてあった。

即鮫川邦夫に連絡を取ったところ、鮫川正之は彼の弟であることが判明した。

結婚歴があって、数年前に妻と離婚したそうである。

子供はなく、現在独身。二十歳のときに上京して、現在ほとんど郷里とは没交渉ということがわかった。

厚木市中の山中から発見された死体の主は、鮫川正之と判明した。

鮫川の居宅を捜索したところ、残高百五十万円の預金通帳が発見された。

捜査員が注目したのは、昨年六月十日、四千五百万円が預金されている事実であった。

金はその後、三百万ないし五百万単位で頻繁に引き出されていた。

昨年六月十日と言えば、金田老人が殺害されて、約一億円と推定される金を奪取された四日後である。

郷里の鮫川の兄の言葉によると、鮫川はギャンブルが好きで、郷里にいたころから賭《か》け麻雀《マージャン》や競馬にうつつを抜かしていたということである。

四千五百万もの大金をわずか一年でほとんど引き出した原因も、ギャンブルが予想される。

自称映像作家という定職のない曖昧《あいまい》な人物が、一年半ほど前、金満家の独居老人強盗殺人事件の直後、被害金額の約二分の一に相当する出所不明の大金をつかんだ事実を見ても、鮫川と強盗殺人事件の関連を予想させるものである。

ここに成城署の強盗殺人事件、狛江署の轢き逃げ事件（犯人は逮捕されて自供ずみ）、厚木署の山林殺人死体遺棄事件は関連の疑いありとして、十一月二十八日、成城署において三署の担当捜査員が集まり、連絡会議を開いた。

会議の目的は三件の関連性の有無を検討し、関連性ありと判断した場合は合同捜査のための根まわしをすることにあった。

まず連絡会議を主宰した成城署の署長の挨拶《あいさつ》の後、成城署捜査本部の那須警部が立って、事件とその後の捜査経過を説明した。

「昨年六月六日深夜、世田谷区喜多見七丁目の金田満之介が殺害され、推定八千万ないし一億円を奪取された。

同夜午前零時三十分ごろ、狛江市岩戸南三丁目の路上において、小滝友弘が轢き逃げされ、小滝の居宅から金田満之介強殺事件に該当する犯行計画書が発見された。

だが、轢き逃げ現場からは計画の目的であり、金田の居宅から失われている被害金額に相当する金が消えていた。

このことから轢き逃げ犯人、もしくは同時刻轢き逃げ現場に通り合わせた者が金を持ち逃げしたと推測された。

狛江署の捜査によって、轢き逃げ犯人中富弘一が逮捕され、中富が現場から拾ったホテルカードから鮫川正之が浮かび上がった。

鮫川の居宅を捜査したところ、昨年の金田殺害直後に鮫川が四千五百万の大金を取得していた事実が判明した。

ここに小滝が金田を殺害して奪取した一億円弱の金額を鮫川が持ち去った可能性が強くなった。

本日は三署の担当捜査員に参集していただいて、三件の関連性の有無を検討したい。

諸氏の忌憚《きたん》のないご意見を待つ」

「小滝友弘の居宅から発見された犯行計画書には、金田満之介の名前は書かれていなかった。たまたま計画書に記述された犯行計画地点が金田の自宅と一致しただけであって、計画の対象が金田と断定されたわけではない。

したがって小滝が金田強殺事件の犯人でなければ、当然金田の奪われた金も轢き逃げ被害時に携帯しておらず、鮫川は事件から切り離されてしまう」

早速成城署の捜査本部に参加していた那須班の山路から意見が出た。

「金田強殺事件と、同夜に金田の自宅からあまり離れていない地点において小滝の轢き逃げが発生したということは偶然の符合と考えますか」

同じ那須班の棟居が質問した。

「偶然であっても一向に差し支えない」

山路がにべもなく言った。

「金田殺しに接近して、定職を持たない鮫川が四千五百万の大金を銀行口座に預け入れたことはどう解釈しますか」

狛江署の石井が疑問を提出した。

「鮫川はギャンブル狂だったという。ギャンブルで大金をつかんだとしても不思議はない」

「鮫川の殺人死体遺棄事件が金田強殺事件、および小滝轢き逃げ被害事件から切り離されれば、鮫川殺人死体遺棄事件の動機はまったくべつの線ということになりますが」

厚木署から来た松家《まついえ》刑事が発言した。

「鮫川の人間関係は茫漠《ぼうばく》としている。上京後になにをやっていたのか、彼の生活史はまったくわかっていない。

殺人動機を安直に金田が奪われた金と結びつけるのは早計である。

それに仮に小滝が金田強殺事件の犯人であるとしても、小滝が轢き逃げされた現場に落ちていた鮫川のホテルカードは、必ずしも鮫川自身が落としたことにならない。ホテルカードなどはだれでも落とせる」

「用済みのホテルカードは本人以外の第三者の手に入ることはまずないのではありませんか。轢き逃げ現場にホテルカードを遺留した者は、やはり本人である可能性が最も大きいと考えます」

石井が山路に反駁《はんばく》した。

「仮に鮫川本人がホテルカードを現場に落としたとしても、彼が金を持ち去ったとは断定できない。さらにもう一歩譲って、鮫川が金を持ち去ったとしても、金田の推定被害金額と一致しない。鮫川が銀行に預け入れたのは推定被害金額の約半分だ。残りの半分はどこへ行ってしまったのかね」

山路は依然として無関係説を維持しながら、数歩譲歩していた。

「被害金額の不一致は必ずしも無関係ということにはなりません。持ち逃げ犯人は単独と確定したわけではありません。複数であれば、金を山分けしたことが考えられます」

「鮫川がだれと山分けしたと言うのかね」

那須警部が口を挟んだ。

「鮫川が、金田殺しの当日、新宿のホテルに女を同伴していた事実が確かめられています。その女の素性と行方は不明です」

石井が言った。

「すると、その女は鮫川の共犯ということになるね」

那須の窪《くぼ》んだ目が底光りした。那須の言葉には重大な暗示がある。

鮫川がホテルに最後に同伴した女性の行方は、すでに石井が問題にしていたことである。

「これまでの捜査では鮫川の身辺に特定の女性は浮かび上がっていません」

厚木署の松家が言った。松家の言葉は那須の暗示を敷衍《ふえん》している。

「鮫川殺しの動機は、昨年の金田老人の金にあると考えますか」

山路が質問した。

「まだなんとも言えませんが、鮫川が犯行当日、ホテルに同伴した女性は無色の位置に置けないとおもいます」

棟居が言った。

「つまり、鮫川殺しの動機は金田の金を山分けした共犯関係と考えているのかね」

那須は自分の示唆を具体的に言い直した。

「鮫川が金田の被害金額の約二分の一を犯行日に接近して預け入れた事実と、犯行当日ホテルに同伴した女性の存在から、金を山分けした共犯者の線は無視できないとおもいます」

石井が言った。

「犯行当日に鮫川がホテルに同伴した女性が、必ずしも轢《ひ》き逃げ現場まで同行していたとは限らない。むしろホテルを出た後、別れてしまった公算の方が大きい。鮫川を金を持ち去った犯人と仮定し、山分けした共犯者がいたとしても、ホテルに同伴した女が共犯者ということにはならない」

山路の意見はあくまで慎重であった。

結局、その日の連絡会議は、三件関連性ありともなしとも決定せず、今後、連絡を密にして捜査を進めることに合意が成立した。

3

絵里子は鮫島殺害後、戦々恐々としていた。

逃げても逃げても鮫島が追いかけて来る。足がおもうように動かない。あわやつかまりそうになったところで、悲鳴をあげて目が覚める。

「どうしたんだい。だいぶうなされていたようだよ」

心配そうに覗《のぞ》き込んだ夫に声をかけられて、ようやく我に返った絵里子は、全身寝汗にまみれていた。

「このごろよくうなされているようだが、どうかしたのかい」

「なんでもないのよ。疲れているのかもしれないわ」

絵里子は夫の懸念をいなして、無理に笑顔を造った。

「なにか心配事があったら、ぼくに相談するんだよ」

「心配なんかあるはずないじゃないの。きっと幸せすぎて、この幸せがいつまでつづくかと心配になっちゃうのよ」

「つまらない心配するもんじゃないよ。二人が生きている限り、この幸せはつづく。だから二人は元気でいなければならないんだ」

「そうだわね。私たちの幸せって、どちらが欠けても成り立たないのよ。あなた、本当に気をつけてね」

「きみこそ気をつけなければいけないよ。きみがぼくを必要とする以上に、ぼくはきみを必要としているんだから」

「なにをおっしゃるの。私の方が何倍もあなたを必要としているわ。あなたがいらっしゃらなければ私は生きていけない」

夫婦おさだまりの言い争いに移行しながらも、夫にきみこそ気をつけなければいけないと言われたとき、彼が鮫島のことを知っているような気がして、どきりとした。

だが、鮫島はもはやこの世に存在しない。鮫島と自分を結びつけるものはない。不安が自らの墓穴を掘ることになる。

この際、最も戒めなければならないのは、平素とは異なる行動を取ることである。

夫になにか心配事でもあるのかと問われたように、他人に不審の念を起こさせてはいけない。いつもと同じように幸せ奥様を演じていればよいのだ。

いや、演じるのではなく、本当に幸せなのだから、その中にどっぷりと浸っているだけでいい。なにも心配することはない。

絵里子は呪文《じゅもん》のように、自分に言い聞かせた。

鮫島を殺害して一ヵ月後、鮫島の死体が発見されたことが報道された。

鮫島の身体から身許《みもと》を示すようなものはすべて取り除き、焼却してしまったが、いずれは身許がわかるだろうとおもっていた。

その後の報道に注意していると、彼が入居していたアパートの大家から鮫島の素性が判明した。

その後の捜査によって、鮫島こと鮫川正之が世田谷区の独居老人強盗殺人事件と、狛江市域の轢き逃げ事件との関連が疑われるようになって、俄然《がぜん》警察の捜査網が拡大された。

同時にマスコミの報道が派手になった。

絵里子は事件の関連報道を集められる限り集めた。

警察が鮫川が独居老人の殺害当夜、新宿のホテルに同伴した女の行方を追っていると報道されたとき、絵里子は肝が冷えた。

捜査網が自分を確実に絞り込んでいる気配が感じ取れた。

(そんなことはあらかじめ予想できたことだ。鮫島がホテルに女を同伴していたことがわかったところで、警察は絵里子と特定できない。ホテルには絵里子の痕跡《こんせき》をなにも残していない。

もともと鮫島はよくホテルに女を連れ込んでいたようだ。同伴した女がいたところで、人間の海の中にまぎれ込んでいる。海辺の砂の中の一粒を探し出すよりも難しい。安心していていいのだ。疑心暗鬼が墓穴を掘る)

絵里子はまた呪文を唱えた。

呪文の底から立ち上がって来たシルエットがある。

矢代昭である。

それにしても矢代はなぜ田崎美代子の家の近くに姿を現わしたのか。矢代の生活圏には関わりがないはずである。

偶然出会った田崎美代子に、やぼ用があって来たと言ったそうだが、一体どんな所用があったというのか。

あの界隈《かいわい》に身内や友人が住んでいたとも聞いていない。

美代子の住居の近くに轢き逃げと、鮫川と金を山分けした現場がある。矢代はもしかして、その現場に興味をおぼえたのではないだろうか。

彼が興味をおぼえたということは、現場と絵里子を結びつけたかもしれないということである。

それ以外に、矢代が現場の近くへ来る理由はない。

考えすぎだ。矢代が現場へ来ようと、どこへ姿を現わそうと、矢代の勝手である。

矢代と別れた後、彼の生活圏があの界隈に新たに広がったのかもしれない。

彼が所用でどこへ赴こうと彼の勝手である。もはや無縁の人間となった矢代の行動に、いちいち神経を尖《とが》らせる必要はない。

と自分に言い聞かせるのであるが、押し伏せても押し伏せても気がかりが不安となって呪文の底から立ち上がって来る。

矢代は勘の鋭い男である。轢き逃げ現場と田崎美代子の家の接近しているところから、美代子と現場を結びつけるかもしれない。

結びつけたからこそ、なんの関わりもない現場付近に姿を現わしたのではないだろうか。

そのように考えると、速やかに固定観念となって意識にこびりついた。

田崎美代子には口止めをしておいたが、信頼できない。矢代は美代子から絵里子の現在の消息を知る可能性がある。

絵里子の消息をつかめば、矢代はアプローチして来るかもしれない。

矢代が絵里子に未練を残していれば、近づいて来る可能性はある。

矢代はいまや逆玉の輿《こし》に乗って老舗《しにせ》料亭の婿養子におさまっている。

矢代にとって絵里子との関係は、養家に秘匿しておきたい過去であろう。

だが、絵里子に対する未練に、現場と彼女を結びつけた好奇心が加われば、彼女を追って来るかもしれない。

矢代は鮫川とちがって金には困っていない。彼が求めるものは絵里子の身体だけである。

絵里子の弱味を握って、彼女と秘密の関係をつづける。老舗料亭の婿として安定した身分は確保しながら、片方では昔の女と無責任な情事を楽しみたい虫のいい関係である。

矢代は絵里子にとっても虫のいい関係と考えているにちがいない。

だが、いまの絵里子には矢代の入り込む余地はない。

絵里子が矢代のアプローチを拒否したとき、切札として持ち出すのが鮫川とのつながりであろう。

仮に矢代が絵里子と鮫川を結びつけているとしても、なんの証拠もない。矢代の憶測だけである。

毅然《きぜん》として突っぱねればすむことである。

絵里子は想像の中で、矢代の追跡に怯《おび》えていた。

他人行儀な懐旧

1

矢代昭は厚木市域の山中で男の死体が発見されたという報道をなにげなく見過ごした。だが、その後、死体の身許《みもと》が割れて、彼が狛江市域の轢《ひ》き逃げ事件、および世田谷区内の独居老人強盗殺人事件に関わっている疑いがあるということでマスコミの扱いが大きくなるにつれて、矢代の意識に引っかかってきた。

狛江市域の轢き逃げ事件は、現場が田崎美代子の住所に近いところから矢代が興味を持ち、現場を確かめに行った。

鮫川正之は轢き逃げ被害者が独居老人を殺害して奪った金を、たまたま轢き逃げ現場に通り合わせて持ち去った可能性があるという。

警察は鮫川が独居老人殺しの犯行当日、ホテルに同伴した女の行方を捜しているそうである。

矢代は新宿プリンセスホテルで絵里子と待ち合わせていて、すっぽかした夜のことをおもいだした。

それはちょうど独居老人が殺害された当夜であった。この日付の符合をどう解釈するか。

矢代にすっぽかされた絵里子が、当夜の空白を行きずりの鮫川によって埋めたとは解釈できないか。

突飛な連想であるが、可能性はある。

矢代の意識の中で、鮫川が同伴した女性と絵里子が速やかに重なった。

二人を結びつけるものは田崎美代子の住居と、轢き逃げ現場が接近していることだけである。あとは矢代の推測である。

しかし、田崎美代子の言葉によると、絵里子は結婚式に招待した友人グループから彼女だけを除外したという。

同郷の友人で上京後も親しくつき合っていた美代子こそ、結婚式には最優先して招待すべきであろう。

その美代子を招待者リストから外したのはなぜか。

美代子は絵里子から矢代を紹介されている。夫に矢代との過去を知られたくなかった絵里子は、美代子を外したのかもしれない。

だが、それだけではなかったとすれば。美代子の住居と現場が近いことが、美代子を外した理由であるとすれば、絵里子は轢き逃げ事件に……ひいては鮫川殺しになんらかの関わりを持っていることになる。

　矢代は自分のおもわくを見つめた。

　意識にこびりついて容積を増しつづけている固定観念に圧迫された矢代は、とうとう堪え切れなくなって田崎美代子に電話をした。

　美代子の電話番号は絵里子から紹介されたときに聞いてある。

　自宅にいる確率の高い時間を狙って電話をかけると、美代子は居合わせた。

「矢代です。過日は失礼しました」

　矢代が名乗ると、

「あら、矢代さん」

　美代子は矢代の突然の電話に驚いたようである。

「突然お電話して失礼します」

「驚いたわ。矢代さんからお電話をいただくとはおもっていなかったので」

「ご迷惑とはおもいましたが、ちょっとお尋ねしたいことがありまして」

「なんですか」

　美代子の声がちょっと構えたようである。

「その後、絵里子の消息をご存じではありませんか」

「絵里子……いいえ、知らないわ」

　美代子の答えが少し滞った。矢代は美代子が知っていると瞬間的に悟った。

「あなたにはご迷惑はかけません。ぜひ絵里子に連絡したいことがあるのですが、もし彼女の消息をご存じでしたらおしえていただけませんか」

矢代は美代子に追いすがった。

「困るわ」

「誓ってあなたにご迷惑はかけません」

「実は絵里子から口止めされているのよ」

「あなたから聞いたということは決して言いません。絵里子にせめて結婚の祝いを贈りたいのです」

「いまごろあなたから結婚の祝いが届けられたら、絵里子が迷惑するわよ」

「私の名前では贈りません。そうだ、あなたの名前を貸していただけませんか。あなたの名義で贈れば、絵里子も迷惑しないでしょう。絵里子から問い合わせがあったら、私から託されたと伝えてください。そうすれば、あなたも彼女の住居を私におしえたということにはなりません」

美代子が電話口で逡巡《しゅんじゅん》している気配がわかった。

「お願いします。彼女になにもしてやれなかったことが負担になっているのです。せめて結婚の祝いを贈りたいだけです。私もいまは昔と立場がちがいます。彼女との過去のつながりは隠さなければなりません。彼女の居所を知ってどうこうという気持ちはいまさらありません。おしえていただけませんか」

矢代はここを先途と頼み込んだ。

「本当に結婚のお祝いだけね」

美代子は念を押した。

「それ以上のことはぼくにもできません。ぼくの立場もありますので」

矢代は田崎美代子から絵里子の住所を聞き出した。

2

夫を送り出した後、しばらく家事に忙《せわ》しく立ち働いた主婦が買い物に出かける前の午後の一時《ひととき》は、最もほっとする時間帯である。

そのせいかこの時間を狙って各種セールスマンや宅配便が来る。

そんな時間帯に鳴った電話になにげなく応答した絵里子は、電話口で立ちすくんだ。

相手が名乗る前に、対話者の素性がわかった。

「もしもし、きみの声を聞くのは久し振りだよ」

矢代の声が電話口からささやきかけた。

受話器を置こうとしても、手が麻痺《まひ》したようになっている。

ついに矢代が近づいて来た。

彼が電話をかけてきたということは、絵里子と鮫川の関係を疑っていることを示すものであろう。

絵里子が矢代の電話に愕然《がくぜん》としたのは、単に昔の男が連絡してきたからではない。絵里子は疑心暗鬼だと自ら戒めていたことを裏づける状況である。

それこそ疑心暗鬼というものだ。矢代は単に昔を懐かしがって連絡してきたのかもしれない。

絵里子は電話口で構えを立て直した。

「どんなご用件でしょう。あなたとはもう関係ないわ」

絵里子は突き放すように言った。

「そんな他人行儀にしなくともいいだろう。きみとぼくとの仲じゃないか」

矢代の口調が二人の間だけの馴《な》れ馴《な》れしさを持った。

「あなたとは赤の他人です。他人行儀は当たり前よ」

言葉を交わせば交わすほど、矢代のペースに引き込まれるのを承知しながら、電話を切ることができない。

「せっかくあなたに結婚のお祝いを伝えようとおもって電話したのに、ずいぶん冷たいね」

「あなたなんかから祝いの言葉を聞きたくないわ」

「ご挨拶《あいさつ》だね。結婚式になぜ呼んでくれなかったと言っているわけじゃない」

「結婚式に呼ぶですって。まあ、なんて図々《ずうずう》しい」

「きみは田崎美代子さんも結婚式へ呼ばなかったね。田崎さん、怒っていたよ。ほかの友人はみんな呼んだのに、自分だけ仲間外れにしたと」

「美代子から聞いたのね」

「なぜ田崎さんだけ式へ呼ばなかったんだ」

「あなたにそんなことを説明する必要はないわ」

「呼びたくても呼べない事情があったんじゃないのかな」

矢代の声が粘り気を帯びた。

「意味がわからないわ」

絵里子は不安に耐えて答えた。

「べつに意味なんかないさ。要するに、彼女を呼びたくなかったんだろう」

「それはそうよ。美代子はあなたのことを知っているもの」

理由を説明する必要はないと言いながら、答えている。拒むべき相手との間に会話が成立している。

「それだけかな」

「それだけに決まっているじゃないの」

「それならいい。ぼくはまたなにか特別な事情があるのかとおもったよ」

「特別な事情なんかなにもないわよ。私はあなたと縁を切りたかっただけ。あなたと関係あるすべてのものと縁を切りたかったのよ」

「ぼくだけではなく、過去のすべてと縁を切りたかったのじゃないのか」

矢代の口調が意味深長な含みを帯びた。

「そうよ。私は新しい人生のスタートを切ったの。いやな過去のすべてと縁を切りたいのよ」

「切りたくても切れない悪縁というものもあるよ」

「それがあなただというの」

「ぼくは悪縁とはおもっていない」

「あなた以上の悪縁はないわ」

「ずいぶんひどい言い方だね。ぼく以上の悪縁があるんじゃないのかな」

脛《すね》に傷持つ絵里子は、矢代の言葉にどきりと胸を衝《つ》かれた。

「それ、どういう意味」

絵里子は問うことの危険を承知しながら、問わずにはいられなくなった。

「それはきみ自身の胸に聞くんだね」

矢代の言葉がますます深長な含みを帯びている。

「私の胸に聞くことなんかなにもないわよ」

「だったら、そんなにむきになることはないじゃないか」

「むきになってなんかいないわよ」

「まあいい。一度会って旧交を温めないか」

「あなたってどこまでも図々しいのね」

「べつに他意はない。青春の想い出を語り合いたいだけだよ」

「あなたと語る青春の想い出なんてないわよ」

「あんな別れ方をして、申し訳なくおもっているんだ」

「べつに。私たち、別れどきだったのよ」

「それにしても、中途半端な別れ方をして、ずっと気になっていたんだよ」

「別れるのに中途半端もなにもないわ」

「最後に約束をしてきみをすっぽかした後、きみはどうしたんだ」

「そんな以前のことはおぼえていないわよ」

「ぼくはよくおぼえているよ。たしか同じ夜、世田谷区で独り暮らしの老人が殺され、狛江市で轢《ひ》き逃げが発生した」

絵里子は驚愕《きょうがく》のあまり言葉を失った。

やはり矢代は絵里子と事件を結びつけている。

田崎美代子の家の近くに現われたのも、絵里子と事件との関連性を疑ってのことであった。

「もしもし、聞いているのかい」

電話口で黙してしまった絵里子に、矢代は問いかけた。

電話を切りたかったが、ここで切るとますます矢代に疑われてしまう。

「聞いているわよ」

絵里子は意志の力で平静な声を造った。

「あんな事件があったものだから、よくおぼえているんだ」

「さあ、そんな事件があったかしら。関係ないのでおぼえていないわ」

「轢き逃げされた被害者は、どうやら独り暮らしの老人を殺して金を奪った犯人らしい。その轢き逃げの現場が、きみが紹介してくれた田崎美代子さんの家の近くだったんだよ」

「そう、それがどうかしたの」

「べつにどうもしないけれど、なんとなく気になってね」

「あなたが気にすることはないじゃないの。それとも、あなたが事件になにか関わりでもあるの」

「ぼくが事件に関係あるはずないじゃないか。ただ、きみと別れた日に起きた事件なので気になっただけさ」

そのときちょうど門のブザーが鳴った。絵里子はそれを潮時に電話を切った。

矢代の電話は絵里子に深刻な衝撃をあたえた。

やはり矢代は絵里子が恐れていたように、彼女と轢き逃げ事件を結びつけていた。

轢き逃げと結びつけたということは、鮫川殺しとの関連を疑っているということである。

鮫川が、轢き逃げ被害者が持っていた可能性が大きい独り暮らし老人の金を持ち去った犯人である疑いが生じて、彼がホテルに同伴していた女の行方が追われていると報道されていた。

その報道は当然、矢代の耳目に触れているであろう。

矢代は、鮫川が同伴した女と絵里子を重ねている。つまり、鮫川殺しの犯人として絵里子を疑っているのだ。

心配ない。なにも案ずることはない。矢代がなにを疑おうと、証拠はなにもない。

要するに、矢代が絵里子をすっぽかした日が、独り暮らし老人殺しと轢き逃げ事件発生日と一致しただけである。

それだけの符合で絵里子に手を触れることはできない。

絵里子は不安に波立つ胸をそう言い聞かせて、必死になだめた。

3

絵里子との電話を切った矢代は、絵里子が事件に関わっていることを確信した。

彼女はなんの言質もあたえなかったが、独り暮らし老人殺人と轢き逃げについて矢代が言及すると、激しく動揺した。

矢代の推測通り、絵里子は最後のデートの日、彼にすっぽかされた空虚を鮫川で埋めたのだ。

その鮫川は厚木市域の山中から死体となって発見された。絵里子は鮫川の死因に関わっている公算が大きい。

絵里子と鮫川の死との関わりはなにか。報道によると、鮫川は独居老人の金を轢き逃げされた犯人から持ち去った疑いがある。

だが、鮫川の手許《てもと》には持ち去り金額の半額しか確認されていないそうだ。残りの半額はどこへ行ったか。

警察は鮫川に同伴した女を疑っているらしい。

約八千万から一億の金を山分けした共犯者である。殺人の動機としては充分である。

矢代の脳裡《のうり》に閃《ひらめ》いたことがあった。

絵里子は矢代のために会社の金に手をつけた。その穴は糊塗《こと》しきれないほど大きくなっていた。だが会社が彼女を訴えた形跡はない。もしかすると絵里子は山分けした金で穴を埋めたのではあるまいか。

少なくとも絵里子は金が欲しい状況にあった。

絵里子と鮫川の同伴女が重なれば、絵里子が鮫川を殺した容疑者の位置に座る。

だからこそ、矢代の電話に絵里子は激しく動揺したのだ。

えらいことになったと、矢代はおもった。

いまのところ矢代の推測だけであるが、絵里子に電話して、矢代は確信を持った。

矢代は絵里子が犯人であると推測しても、それを警察に通報するつもりはない。なんの証拠もなく、他人を告発すれば、誣告罪《ぶこくざい》になってしまう。

たとえ証拠があったところで、矢代には絵里子を告発する意志はない。むしろ彼女を庇《かば》ってやりたい。

彼女が罪に走ったのは、矢代にも責任の一端がある。

あの夜、矢代が約束を守っていれば、絵里子の罪は防げたはずである。

矢代も逆玉の輿《こし》などと浮かれ立つことなく絵里子と交際をつづけていれば、いまの種馬のような身分にならなくてすんだはずである。

矢代は絵里子に対する慙愧《ざんき》の想いに駆られた。

絵里子もきっと良心の呵責《かしやく》にさいなまれているであろう。

秘匿された仮説

1

捜査は膠着《こうちゃく》した。

狛江市の轢《ひ》き逃げ事件は解決したものの、金田殺しと鮫川殺しは関連性を深めながらも、決定的なつながりの証拠をつかめない。

鮫川が犯行当夜ホテルに同伴していた女性の行方は、杳《よう》として知れない。

厚木署も成城署も、その女性が事件のキーを握っていると睨《にら》んでいた。

鮫川の住居からは写真や郵便物やアドレス帳から、何人かの女性の存在が判明した。

彼女らを一人一人当たって、いずれも犯行当夜のアリバイが成立した。

彼女らはいずれも鮫川から街で声をかけられて、時どき交際していたことを認めた。

映像作家鮫島邦夫の名前で近づき、テレビや芸能界に顔が利くことをほのめかして、女を誘っていたようである。

その中の一人相沢昌子《あいざわまさこ》という女性から、犯行当夜、鮫川とデートの約束をしていたが、急用があってすっぽかしたという聞き込みを得た。

鮫川とはその夜以来会っていないそうである。

相沢昌子に待ちぼうけを食わされた鮫川は、その空虚をべつの女で埋めたらしい。

鮫川と相沢昌子が待ち合わせをしていたホテルが、新宿プリンセスホテルであった。

「実は私、あの夜、ホテルへ行ったんです」

相沢昌子は棟居に意外なことを告げた。

「ホテルへ行った。それで、どうして鮫川と会わなかったのですか」

「急用があって、約束の時間に遅れてしまったのです。すると、鮫島さんは、本名鮫川というんでしたね、べつの女の人と親しげに話をしていたので、腹を立てて帰って来てしまったのです」

「それでは、あなたは鮫川が話していたべつの女を見たのですね」

「遠くからですが、見ました」

「どんな女でしたか」

棟居と成城署の嶋田は無意識のうちに上体を乗り出した。

「若い綺麗《きれい》な女でした。だから腹が立ったのです。少し遅れたくらいで、もうべつの女に乗り換えるなんて、人を馬鹿にしているとおもいました」

「その女のなにか特徴をおぼえていませんか」

「遠目でしたので、それにちらりと見ただけですから」

「若い綺麗な女ということはわかったんでしょう」

「遠目に綺麗に見えたのかもしれません」

「どんな服装をしていましたか」

「OLのようでした。薄いブルーのスーツを着ていました」

「年齢はわかりませんか」

「私と同じくらいだったとおもいます」

「あなたは、失礼ですがおいくつですか」

「あの当時は二十四歳でした」

女心が少しでも若く言いたいらしい。

「そのほかになにか特徴はおぼえていませんか」

「特徴と言われても……深く観察したわけではありませんから。きっとあの女の人もだれかに待ちぼうけを食わされていたところを、鮫島に声をかけられたのだとおもいます」

「だれかに待ちぼうけを食わされた……どうしてそんなことがわかるのですか」

「あの時間帯にホテルのラウンジで若い女が一人でぼんやりしていることはまずないとおもいます。だれかと待ち合わせていて、待ち人来たらず同士が合流したんだとおもいます」

「すると、その女の待ち人としては男が考えられますね」

「男の方が可能性は高いとおもうわ。男を待っていてすっぽかされたので、たまたま近くにいた鮫島さんに声をかけられて合流したという構図が考えられるわ」

「鮫川に同伴していた女にも待ち人があった……」

棟居はそのことの意味を考えた。

鮫川の最後の同伴女性にも待っていた男がいたとすれば、彼はその後どうしたか。

相沢昌子はその夜以後、鮫川と縁を切ったと言っているが、彼女の待ち人もその夜を契機に絶縁したのであろうか。

鮫川がすっぽかされた空虚を一時的に埋めるための仮のパートナーであれば、レギュラーパートナーと切れる必要はない。

もし彼女にレギュラーパートナーがいれば、鮫川と山分けした可能性の大きい金田老人の金に気がついたかもしれない。

つき合っていた女が四千万ないし五千万の大金を入手したら、レギュラーパートナーが気づいたとしても不思議はない。

気づいていながら、なぜ黙秘しているのか。深い関係の女が大金を持っているのを知ったら、当然その金の出所を問いただすはずである。

女が男に金の出所を明らかにしておきながら男が黙秘していれば、横奪《よこど》り（窃取）の共犯となる。

いまの時点でそこまで推測を進めるのは飛躍であろう。

鮫川の同伴女性の素性も確認されていない段階で、彼女のレギュラーパートナーとのその後の関係を追う必要はあるまい。

だが、棟居は彼女が待っていたかもしれない男の行方が意識に引っかかった。

彼女にレギュラーパートナーがあったとすれば、犯行当夜、鮫川と即席のカップルを組む以前に待ち合わせていたホテルを、レギュラーパートナーと利用している可能性があることにおもい当たった。

「棟居さん、それはいい着眼だとおもいます。行きずりのホテルのラウンジで男と女が待ち合わせるということはほとんどありませんよ。鮫川の同伴女性とレギュラーパートナーは同じホテルのラウンジで待ち合わせて、そのホテルにしけ込んだ可能性大ですよ」

嶋田が棟居の着眼に気負い立った。

早速、新宿プリンセスホテルに照会された。

鮫川の同伴女性とレギュラーパートナーが同ホテルのラウンジで待ち合わせていたとすれば、犯行当夜、ホテルの部屋を予約していたかもしれない。

当夜、キャンセルされた予約と、予約をしながら現われなかったカップルが怪しい。

ホテルは宿泊記録をおおむね三年間保存する。だが、予約の記録となると、各ホテルによって保存期間が異なる。保存しないホテルもある。

幸い、新宿プリンセスホテルでは宿泊記録と同様に、予約の記録をマイクロフィルム化して保存していた。

犯行当夜、取り消しになった予約は三十六件、ノーショー（予約をしておきながら取り消しの連絡もなく到着しなかった客）は六件あった。

そのうち四件がダブルの予約であった。

棟居と嶋田はまずノーショーのうちダブルを予約した四件をマークした。

ホテルに予約取り消しをするくらいなら、パートナーをすっぽかすはずがないと見たのである。

四件の連絡先を当たったところ、二件には該当者がなく、一件はすでに転居しており、一件だけ該当者が存在した。

だが、その該当者は当夜、レギュラーパートナーの女性に急用が生じて、デートを取り止めたということであった。

レギュラーパートナーに問い合わせたところ、当夜、親戚《しんせき》に不幸があってデートを取り止めたが、それ以後は交際をつづけているという返事である。

彼女は当夜、新宿プリンセスホテルに行ってもいないし、鮫島邦夫こと鮫川正之という人物についてはまったく心当たりがないと答えた。

当夜の状況では、女が男にすっぽかされたことになる。

棟居らは転居したもう一件のノーショー客を追った。

幸いに転居後の連絡先が判明した。

彼は矢代昭という人物で、現在、四谷《よつや》の老舗《しにせ》料亭「銀蝶《ぎんちょう》」の若旦那《わかだんな》におさまっていた。

棟居と嶋田は矢代に会うことにした。

矢代は突然の刑事の訪問に驚いたようである。

サラリーマンから料亭若主人に転身しただけあって、辣腕《らつわん》のエリートといった雰囲気をまとっている。

スマートな長身は、学生時代、スポーツで鍛えたように引き締まり、やや表情に陰があって目の光が冷たい。

彼が鮫川の同伴女性のレギュラーパートナーであるとすれば、彼女をすっぽかした事情には転身が絡んでいるかもしれない。

「どういうことでしょうか」

矢代は身構えて訪意を問うた。

「ちょっとお出になれませんか」

棟居はここでは話しにくいことをほのめかした。店の仲居や玄関番が聞き耳を立てている。

矢代がすっぽかしたとすれば、相手はいまの妻、すなわち料亭の家付き娘ではあるまい。

棟居は矢代の立場を考えた。

「わかりました」

矢代はうなずいて、店の近くの喫茶店へ二人を案内した。

矢代と向かい合うと、棟居は、

「昨年の六月六日、あなたは新宿プリンセスホテルに予約をしておきながらお見えにならなかったそうですが、差し支えなかったらその理由をお聞かせ願えませんか」

と早速切り出した。

棟居の質問に矢代はかなり動揺した模様である。

「急用が生じたために行けなくなったのです」

「急用が生じたのはあなたですか、それともお連れの方ですか」

「私の方です」

「お連れの方のお名前とご住所をおしえていただけないでしょうか」

「どうしてそんなことをお尋ねになるのですか」

「我々が担当している捜査の参考のためです」

「私には連れはいませんでした」

「しかし、あなたはダブルルームを予約したのでしょう」

「シングルは狭苦しいので、ダブルを取ることにしています」

「あなたはただいま急用が生じたのはあなたの方か連れの方かと問うたとき、あなたの方だとおっしゃいましたが、それは連れの方がいらっしゃったからではありませんか」

「いいえ、連れなんかいません。急用が生じたのはだれかと聞かれたので、ついうっかり私だと答えたのです」

「もし当夜、あなたに待ち合わせていた連れの方がいらっしゃったら、正直におしえていただけませんか」

「待ち合わせていた連れなんかいません。私は一人でした」

矢代は言い張った。

「あなたのプライバシーを詮索《せんさく》する意図はありません。我々は当夜、あなたが新宿プリンセスホテルで待ち合わせていたパートナーの素性を知りたいだけです」

「私はだれとも待ち合わせていません」

結局、矢代からパートナーの有無を確かめることはできなかった。

矢代と会った帰途、棟居は嶋田に、

「どうおもう」

と問うた。

「矢代には連れはいましたね」

嶋田は答えた。

「ぼくもそうおもう。だいたい、一年以上も前の特定の日のことを聞かれて、即座に答えたということは、その日の印象が強いことを示している」

「矢代に待ち合わせていたパートナーがありながら、それを黙秘したということは、彼に彼女の存在を明らかにしたくない事情があるということになりますね」

「そういうことだね。デートの待ち合わせ相手を隠す必要はないとおもうが……」

「いまの女房に気を遣って、過去の恋人の存在を隠そうとしたということは考えられませんか」

「べつに現在の不倫のパートナーではないだろう。結婚前の古い恋人の、それもすっぽかした相手だよ。警察は矢代のプライバシーを詮索しているのではない。待ち合わせたパートナーの事情はおろか、デートの約束までなかったことにしようとした。つまり、矢代は過去の恋人を警察に引き渡したくなかったのかもしれない。ということは、彼は恋人が犯罪に関与していることを知っている可能性がある」

「その犯罪とは、金田老人の金を持ち去った……」

嶋田の表情が緊張した。棟居がうなずいた。

「しかし、矢代は我々の想定では、鮫川の同伴女性をすっぽかしたのでしょう。すっぽかした彼が、どうして彼女が鮫川の共犯ということがわかるのですか」

「まだ断言はできないが、鮫川のパートナーは遅れてホテルへやって来て、鮫川と女がラウンジで同席している場面を目撃している。矢代も同じように遅れて来て、同じ場面を見たとは考えられないかな」

「しかし、鮫川と女が同席していたとしても、鮫川の共犯と結びつけるのは短絡だともいますが」

「その辺がどうもわからない。ただ、矢代は鮫川の同伴女性について、なにかを知っている疑いは濃厚だとおもう」

二人は矢代から具体的な事実は聞き出せなかったものの、捜査に手応《てごた》えをおぼえていた。

2

成城署の捜査本部の刑事の訪問を受けた矢代は、動揺していた。なぜ彼らが矢代を手繰り出したのかわからない。

彼らは担当事件がなにかは語らなかったが、成城署に設置されている捜査本部事件は、独居老人殺害事件である。

そして厚木署管内の山中から死体となって発見された鮫川という人物は、成城署の担当事件の被害者の金を持ち去ったと疑われている。

矢代はその金を絵里子が鮫川と山分けしたのではないかと強い疑いを持っている。

犯罪金の横領、分割関係は鮫川の死因にも関わってくる。

成城署の刑事は鮫川との共犯関係、および彼の死因について絵里子の関与を疑って矢代を訪ねて来たのではないだろうか。

しかし、鮫川殺しの捜査であれば、神奈川県警の管轄になる。

また成城署の刑事は絵里子の存在の有無もまだ確認しておらず、その素性も知らないらしい。

絵里子より先にどうして矢代を探り当てたのか。その過程がまったく不明なのが不気味であった。

矢代が咄嗟《とっき》に絵里子の存在を黙秘したのは、絵里子の関与が矢代の推測にすぎないことと、絵里子を庇《かば》おうとする心理が働いたからである。

矢代の推測にはすぎなくとも、刑事が訪問して来た事実が彼の推測を裏づけている。

絵里子はやはり鮫川の事件に関わっている。成城署としても、鮫川殺しに無関係ではない。

絵里子が鮫川の同伴者であれば、独居老人強殺事件の容疑者が轢《ひ》き逃げされた現場を目撃している可能性がある。

事件の真相を突き止めるためには、鮫川と金を山分けした共犯者、および鮫川殺しの犯人を追跡するのは捜査の常道であろう。

絵里子を咄嗟に庇ってしまったが、彼自身の自衛本能も働いたようである。

矢代の推測通り、彼が絵里子をすっぽかした夜、彼女が犯罪に巻き込まれたとしたら、矢代にも間接的な責任があることになる。

あの夜、矢代が約束通り絵里子に会っていたら、刑事が彼を訪ねて来るようなことはなかったであろう。

警察は絵里子を追っている。絵里子は危機が迫っていることを知っているであろうか。

だが、警察はまだ彼女の素性を知らない。彼女の存在自体も、矢代が否認する限り確かめられていない。
当夜、矢代がデートの約束をしていた絵里子を鮫川の共犯者ではないかと疑っている
だけである。
矢代が否認と黙秘を通す限り、彼女は安全である。
だが、矢代は警察が彼女の行方を追っていることを、絵里子に知らせてやりたいとお
もった。
そのおもいに取り憑《つ》かれた矢代は、再度、絵里子に電話した。
在宅率の高い時間帯を狙って電話をすると、彼女が自宅に居合わせた。
電話の主を矢代と悟った絵里子は、電話口で身構えたようである。
「もう電話をしないでくださいと申し上げたはずです」
絵里子は無表情な口調で言った。
「今日、警察がぼくのところへ来たんだよ」
矢代は単刀直入に言った。電話口で、はっと息を呑《の》む気配が感じ取れた。
「昨年の六月六日、きみと新宿プリンセスホテルでデートの約束をしていた夜、きみを
すっぽかしただろう。刑事がね、あの夜のデートのパートナーをしつこく聞いていた
よ」
「それで、あなたはなんとおっしゃったの」
無表情を装っていた絵里子の口調が、関心を持ったのが感じ取れた。

「もちろんきみのことはなにも言わなかったさ」

「当たり前でしょう。あなたとはなんの関係もないんだから」

「なんの関係もないはずのきみと、デートの約束をしていなかったかとしつこく聞いていたよ」

「その刑事は私の名前を出したの」

絵里子の声が不安げに翳《かげ》った。

「いいや、刑事は当夜、ぼくにデートのパートナーがいたのではないかと疑っていて、その素性を確かめようとしていたんだよ」

「だったら、その相手は私ではなく、あなたが私から乗り換えた人でしょう」

「ところが、ぼくがあの夜、新宿プリンスホテルでデートの約束をしていたのはきみだけだったんだ。同じ時間と場所で二人の女性とデートするほど、ぼくは器用ではない」

「警察があなたになにを聞こうと、私は関係ないわ」

「それならいいけれど、警察は厚木市域の山林で発見された鮫川正之という人物との関連で調べているらしい」

「それだれのこと？」

「知らなければけっこう。だが、刑事はきみがその夜、ホテルに鮫川と同伴したのではないかと疑っているようだった」

「どうして私が見ず知らずの鮫川とかいう男と同伴するのよ」

「そんなことは知らない。しかし、疑っていなければ、ぼくのところへデートのパートナーがだれか確かめに来ないだろう」

「ほかの用件で聞きに来たのかもしれないでしょう」

「刑事は成城署の捜査本部から来た。担当捜査の参考のために調べていると言ったよ。成城署の担当事件は世田谷区内の独り暮らし老人強盗殺人事件だ。その容疑者が老人を殺して金を奪って逃げる途中、轢き逃げされて、その金を鮫川が持ち去った疑いがある。鮫川は犯行当夜、ぼくらが待ち合わせていた新宿プリンセスホテルに素性不明の女性を同行していた。警察はその女がきみではないかと疑っているようだった」

「なんのことか、私にはまったくわからないわ」

「それでは刑事に当夜、ぼくがデートの約束をしていた相手はきみだったと話してもいいのかい」

矢代の言葉は絵里子に衝撃をあたえたらしい。

絵里子は電話口で返す言葉につまった。

「今日のところは刑事は帰ったが、また近いうちに来るとおもうよ。きみが本当に差し支えなければ、あの夜きみと新宿プリンセスホテルで会う約束をしていたことを刑事に話すよ」

「待って」

絵里子は喘《あえ》ぐように言った。

「ちょっと待って。私、主人に、結婚前のあなたとのことを知られたくないの。迷惑だわ」

「警察はプライバシーを詮索《せんさく》するのが目的ではないと言っていたよ」

「あなたのデートのパートナーがだれかと聞くこと自体がプライバシーの詮索じゃないの。私は主人と新しい人生を始めたの。あなたとのことはもう終わったのよ。あなただって、私との過去がいまの奥様に知られたら困るんじゃないの」

「警察に話したからといって、きみとのことがきみのご主人やぼくの家内に知られるということにはならないよ。あくまでも捜査の参考だと言っていた」

「刑事の言葉なんて信用できないわ。とにかく私は迷惑なの。私のことは一切黙っていてほしいの」

「犯罪の捜査に協力するのは市民としての義務だとおもうよ。きみが刑事に話してほしくないというのは、ご主人に知られるのを恐れてではなく、事件になにか関わりがあるからじゃないのかい」

「変なこと言わないでよ。私がどうして事件に関係があるの」

「関連性を疑っているから刑事が来たんだろう。心配しなくていい。ぼくはきみを守るよ。口が裂けても刑事にきみのことは言わない」

矢代は自分が絵里子に対して圧倒的優位に立ったのを悟った。

矢代の電話を切った後、絵里子は立ち上がれないほど打ちのめされていた。

べつに矢代はなにを要求してきたわけでもない。だが、彼が絵里子の生殺与奪の権を握ってじわじわと締めつけてくるのは明らかである。

矢代は鮫川のように金品は要求しないであろう。矢代も過去を秘匿しなければならない事情は絵里子と同じである。

だが、矢代は絵里子のような致命的な弱味を抱えていない。彼はその優位に立って、関係を強要してくるであろう。

一言、矢代が昨年六月六日のデートのパートナーが絵里子であったことを警察に洩《も》らせば、絵里子は破滅する。

そんなことはない。なんの証拠があるわけでもない。警察は推測だけで鮫川の同行女性として絵里子を疑っているだけである。

あくまでも絵里子が突っぱねれば、警察には決め手はない。

と、絵里子は強気になって自分に言い聞かせた。

3

厚木署の捜査本部でも、捜査が膠着《こうちゃく》していた。

成城署捜査本部の棟居から、鮫川の同行女性のレギュラーパートナーと目される人物が浮上したことが連絡されたが、捜査本部の大勢としては消極的であった。

「レギュラーの相手に、すっぽかされた女が、鮫川で埋め合わせたという発想は安易じゃないかな。仮に彼女が鮫川の同行女性であったとしても、轢《ひ》き逃げ現場まで同行したかどうか確認されていない。もともと鮫川自身が成城署の独居老人殺しに関わっているかどうか曖昧《あいまい》なのだ」

という意見が大勢を占めていた。

だが、松家は棟居の着眼にこだわっていた。

鮫川が当夜拾った女と同席していた事実は、レギュラーパートナーによって目撃されている。

拾った女も鮫川同様、レギュラーのパートナーからすっぽかされたのではないかという発想は卓抜である。

その発想を阻む第一のネックは、その女が棟居が割り出した当夜のホテルを取り消《ノーショー》した矢代なる人物の待ち合わせ相手と確かめられていないことである。

矢代のプライバシーを詮索する意図はないし、矢代が過去の交際相手を秘匿すべき重大な理由はなさそうである。

それにもかかわらず棟居たちの聞き込みに対して黙秘したということが、矢代の交際相手と鮫川との関わりを示しているような気がしてならない。

棟居もこの点を重視して、矢代をマークしつづけているようである。

松家は仮説を立ててみた。

仮に矢代が彼女が鮫川殺しに関与していることを知っていて、彼女の存在を黙秘しているとしたら、矢代と彼女との間にはまだ関係がつづいていることになる。

つまり、結婚後も矢代は過去の女と関係をつづけ、彼女を庇《かば》っている。

庇うということは、彼女の犯罪の関与を知っていることを示す。

すると、矢代は犯人隠匿になる。

彼の黙秘は、単に女の存在を隠すだけではなく、犯人隠匿の責任を逃れるための自衛ということになる。

それならば辻褄《つじつま》は合ってくる。

さらに仮説を進めて、矢代自身が鮫川殺しに関わっていると考えたらどうだろう。

矢代が殺人の共犯者であれば、彼女の存在はなんとしても隠し通さなければならないであろう。

矢代は限りなく怪しい。松家も矢代に会ってみたくなった。

4

成城署の刑事に引きつづいて、厚木署の松家と名乗る刑事の訪問を受けた矢代は動揺した。

「先日申し上げましたように、昨年六月六日、ホテルの予約をしたときは同行者はおりません。私一人でした」

矢代は前言を反復した。

それにしても二つの警察、それも警視庁と神奈川県警から相次いで刑事が訪ねて来たのは、矢代が絵里子にかけた推測がますます濃厚に裏づけられてきたことを示すものである。

それならばなおさらのこと、いまさら絵里子の存在を明らかにすることはできない。

「いえ、本日おうかがいしましたのはそのことではありません」

松家は遮った。

「すると、どういうご用件でしょうか」

「昨年六月六日夜、どちらにおられましたか」

「そ、それは、急用が起きてホテルへ行けなくなったのです」

矢代は虚を衝《つ》かれたようにおもった。

「差し支えなければ、どんな急用が生じて、どちらにおられたかお聞かせ願いたいのですが」

松家は一直線に迫ってきた。

「そんなことを聞いてどうするのですか。ぼくは事件になんの関係もない」

矢代の声が無意識のうちに高くなった。

「事件に関係なければ、お聞かせいただいてもよろしいのではありませんか」

「それは……つまり、当日夜、急に気分が悪くなって自宅へ帰り、休んでいたのです」

矢代はしどろもどろになって答えた。

「身体の調子が悪くなったのは予期せざることです。急用と言ってもいいのではありませんか」

「まあ、悪いことはありませんが、それならなぜ最初から成城署の刑事に、身体の具合が悪くなってホテルへ行かなかったとおっしゃらなかったのですか」

「べつに他意はありません。なんとなくそんな風に答えたので、それで通してしまったのです」

「それでは当夜、ご自宅におられたことをだれかご存じですか。たとえば誰かが電話をかけてきたとか、訪ねて来たとか」

「電話もなければ訪問者もありませんでした」

「それでは、あなたが当夜、ご自宅におられたことは証明できないわけですね」

「どうして自分の家にいたことをいちいち証明しなければならないのですか」

矢代は気色ばんだ。

「答えたくなければお答えいただかなくてけっこうです。その点は保留しまして、世田谷区喜多見、狛江市岩戸地域にご親戚《しんせき》、または知り合いの方がいらっしゃいますか」

松家の質問はまたも矢代の虚を衝いた。

一瞬、矢代の脳裡《のうり》に田崎美代子の顔が浮かんだ。

「お心当たりがおありのようですね」

矢代が見せた反応に、松家はすかさず迫ってきた。

「いいえ、そんなところに親戚も知人もいません」

矢代は咄嗟《とっさ》に否定した。

「そうですか。お心当たりがあるようにお見うけしましたが」

「いいえ、だれもいません」

「その方面に行かれたことはありますか」

「ありません。どうしてそんなことをしつこく聞くのですか」

「これは失礼なことをお尋ねしました。これも捜査の手つづきですのでお許しください」

松家は許しを乞《こ》いながら立ち上がりかけたが、

「そうそう、最後に一つだけ、お尋ねします。お知り合いの方の中に植物学者はいらっしゃいますか」

「植物学者……」

矢代ははっとした。絵里子の夫は田崎美代子から植物学者と聞いた。

「いらっしゃいますか」

またしても松家に反応を見せてしまった。

「いいえ、いません」

矢代は否認した。だが、心は動揺している。警察がそこまで嗅《か》ぎつけているのであれば、絵里子の存在をすでに突き止めていて、矢代の反応を見ているのかもしれない。

松家はそれ以上の追及をせずに帰って行った。

矢代は松家の訪問を自分の胸の内にたたみ込んでおくことができなくなった。

彼は絵里子に連絡して、松家が訪ねて来たことを告げた。

フィフティフィフティの自衛

1

矢代から再度連絡を受けた絵里子は、厚木署の刑事が矢代を訪ねて来て、彼の身辺に植物学者の有無を問われたと告げられて愕然《がくぜん》とした。

刑事はどうして夫の職業を知ったのか。夫の職業を知っているということは、絵里子の素性をほぼ突き止めていることを示す。

だが、それにしても解せない。絵里子をすでに割り出しているのであれば、矢代などにまわり道をせず、彼女の許《もと》へ直行すればよいはずである。

それをせずにしつこく矢代を詮索《せんさく》しているのは、まだ彼女を突き止めていない証拠ではないのか。

矢代は恩着せがましく言っているが、絵里子との関係を黙秘することによって、彼女に優位を保ちたいようである。

矢代にその意識がある限り、矢代は警察に対して口を割らないであろう。

だが、絵里子は包囲の輪が着実に縮まっている気配を実感した。

絵里子は矢代との電話での会話を想起した。

「警察はどうやらぼくを疑っているらしい」

「あなたのなにを疑うのよ」

「ぼくがきみと共謀して鮫川という男を殺したのではないかとね」

「馬鹿ばかしい、なにを言うの。私は鮫川とかいう人間をまったく知らないのよ。私の知らない人間をどうしてあなたと共謀して殺すのよ」

「だから、言っただろう。昨年の六月六日、きみと待ち合わせた夜、ぼくから待ちぼうけを食わされたきみは鮫川をぼくのピンチヒッターにしたのではないかとね」

「馬鹿にしないで。私がそんないいかげんな女だとおもっているの」

「ぼくはおもっていないが、警察がどうおもうかね」

「あなたが鮫川と私を結びつけるのは勝手だけれど、あなたの妄想から殺人事件に巻き込まれるのは迷惑だわ」

「だったら昨年六月六日、きみと待ち合わせていたと警察に話してもいいのかい」

「駄目よ。私は関わり合いになりたくないの」

「きみに後ろ暗いところがなければかまわないじゃないか」

「後ろ暗いところがないから、警察から痛くもない腹を探られるのは迷惑なのよ」

「わかった。ぼくにもきみのことを警察に話すつもりはない。しかし、今後のことをきみと相談しておきたい。警察はぼくを疑っているらしいんだ。ぼくにとっても迷惑極まりないことだからね。きみとよく打ち合わせておきたい」

「打ち合わせることなんかなにもないわよ」

堂々巡りの会話で終わったが、絵里子は矢代からも次第に追いつめられているのを悟った。

矢代に会うべきではないとおもいながらも、会わざるを得ないコーナーに追いつめられている。

いまにして、鮫川を殺すべきではなかったのではないかという後悔が胸に兆す。

前門の虎を追い払ったら、後門に狼を呼び寄せてしまったのではないのか。

鮫川は金でその口を封じ込められたが、矢代には金は通用しない。矢代が求めるものは、結婚前の関係を結婚後もそれぞれの配偶者に隠れて継続することである。

絵里子が矢代に対していまでも未練を持っていれば、それはそれほど苦痛な関係ではない。

不倫として道徳的に問題があっても、アダルトの秘密の関係として楽しめる。

だが、絵里子には矢代に対して一片の未練もない。彼女はいま、夫との愛に満足し切っている。過去の男の入り込む余地など一寸もない。

そこへ矢代は圧倒的な優位を利用して、無理やりに押し入ろうとしている。

これを拒否すれば、矢代は警察に、〝ラストパートナー〟が絵里子であったことを告げるかもしれない。

もし鮫川との会話を録音したテープを警察が入手していれば、相当にうるさいことになるだろう。

テープの中では絵里子の素性を示すものは語られていないはずであるが、いまは声の指紋に当たる声紋の検査があるそうである。

こんな検査をされて、声の同一性が証明されたら逃げられなくなる。

絵里子の不安は脹《ふく》れ上がり、胸を締めつけてきた。

2

矢代昭に会った松家は、彼がラストパートナーを援庇《えんぴ》している心証を強くした。

彼の心証は棟居の着眼をさらに推し進めたものである。

棟居は矢代に共犯の疑いまではかけていないようである。

だが、松家は矢代が鮫川殺しに関わっているのではないかと疑った。

彼がもし鮫川殺しに関与していれば、鮫川を殺した犯人あるいは共犯者は矢代の口も封じようとするのではないのか。

松家は自分の推測を凝視した。

矢代は身辺に植物学者がいないかと問われたとき、明らかに反応した。彼は植物学者に心当たりがある。

そして、その植物学者こそ、矢代のラストパートナーの関係者か、あるいはラストパートナー本人かもしれない。

鮫川の衣服に付着していたオナモミは山野にありふれた植物であるが、専門家の鑑定に委《ゆだ》ねた結果、このオナモミには特殊な加工が施されていることがわかった。

このような加工は植物研究者、植物学者、あるいはオナモミに特に強い関心を抱いている者によって施された可能性が大きいとつけ加えられていた。

鮫川の周辺には植物研究者や植物学者は縁がない。

矢代の身辺にオナモミの研究に携わっている植物学者がいれば、彼は一挙に事件に近づく。

鮫川に付着していたオナモミの出所が矢代の人脈の中にあるとすれば、松家の嗅覚《きゆうかく》は正しい。

だが、彼の嗅覚だけでは捜査本部を納得させることは難しい。

彼は先輩の朝枝《あさえだ》刑事に相談した。

「矢代に警告したらどうかな」

朝枝は言った。

「警告?」

「犯人は鮫川を殺した。矢代が犯人を知っていれば、矢代の身も危険だとね」

「なるほど。しかし、我々の手の内を晒《さら》すことになりませんかね」

「矢代の安全を確保するためにはやむを得ないのではないのかな」

「矢代が危険かどうか、私の憶測にすぎないのですが」

「あんたの憶測だけじゃないだろう。棟居刑事も矢代に目をつけているんだろう」

「棟居さんは矢代を共犯とまでは見ていないようです」

「共犯であろうとなかろうと、矢代が犯人を知っていれば、矢代は危険だよ」

「もしかすると我々が矢代の危険を強めたかもしれませんね」

「警察が矢代に目をつけたことを犯人が知れば、矢代の危険は増えるだろうね」

「矢代が犯人に警察が来たことを告げなければ、今日、明日の危険ということはないとおもいますが――」

「矢代が犯人を知っていれば、彼は当然犯人に警察が来たことを告げるだろうね」

「とりあえず矢代にそのことだけでも注意をしておきましょうか」

「警察が来たことを犯人に黙っているようにとかね」

「そうです」

「矢代と犯人が密接な関係であれば、棟居さんが行った時点で犯人に話しているよ」

「となると、警告する以外にありませんね」

「手遅れでも、犯人には黙っていろと告げるだけで警告の効果があるだろう」

「もし的外れだったら、矢代は面食らうでしょうね」

「それならそれでいいだろう。少なくともきみと棟居さんが矢代をマークしたんだ。それだけでも警告する根拠はあるよ」

「的外れでもともと。的が当たっていれば人命救助になりますからね」

3

松家から電話を受けた矢代は仰天した。

「あなたがもし犯人を知っていたら、警察が来たことを黙っていた方がいいですよ」

と松家は言った。

矢代は驚愕《きょうがく》のあまりしばらく電話口にたたずんだまま言葉を失った。

「なんのことか意味がわかりません」

ようやく答えた言葉が震えている。

「意味がわからなければ、それでけっこうです。私の推測が外れていれば、それに越したことはありませんから」

「そ、それは脅迫ですか」

おもわず漏らした言葉が、矢代は重大な失言であることに気がつかない。

「脅迫とおっしゃるところを見ると、なにかおもい当たることがあるようですね」

「おもい当たることなんかなにもありません。犯人を知っていたらなどと言われたので、脅迫に聞こえたのです」

「なにも心当たりがなければ、脅迫に聞こえることはないでしょう」

「私が犯人を知っているという前提に立っての脅迫ではありませんか」

「犯人を知らなければそれでいいのです。気にしないでください」

「気になりますね。二度も刑事が来て、心当たりのないことを詮索《せんさく》して、警察は私をまるで容疑者扱いではありませんか」

「あなたが事件に関わっていなければ、それでよいのです。もし関わっていれば、あなたの安全を確保したいだけです」

「私はべつに危険ではありませんよ」

「我々もそのように望んでいます。しかし、万一の用心です」

「どうして私がそんな用心をしなければならないのですか」

「あなたに心当たりがなければ聞き流してください。我々としては予測し得る危険に対して最大限の予防をしたいのです」

「ますます意味がわからなくなりました」

「あなたが犯人を知っていて、もし警察があなたをマークした事実を犯人が知ったなら、あなたにも鮫川同様の危険が降りかかるかもしれないことを恐れているのです」

「なんですって」

矢代は愕然《がくぜん》とした。松家から言われるまで、おもってもいなかったことである。

「あなたに心当たりがあるなら、これは我々の警告です」

「心当たりなんかありませんよ」

声の震えだけではなく、全身が小刻みに震えてきた。電話でなければはっきり顔色が変わったのを読み取られたかもしれない。

さすが警察の着眼は鋭い。松家は矢代の意識の盲点を的確に衝《つ》いた。

もし絵里子が鮫川殺しの犯人であれば、ラストパートナーの素性を知っている矢代の口を閉ざそうとするかもしれない。

(そんな馬鹿な)

矢代は慌てて自らの想像を打ち消した。

絵里子と鮫川を結びつけたのは、あくまで矢代の憶測にすぎない。絵里子は鮫川を知らないと否定している。絵里子と鮫川を結びつける証拠はなにもない。

いくら絵里子が気が早くとも、矢代の推測だけで彼の口を封じようとはしないだろう。だが、絵里子が本当にクロで、矢代の推測が的を射ていれば、絵里子にとって矢代の存在は脅威となる。

松家が警告してきた事実は、絵里子をますます追いつめるにちがいない。

「あなたに心当たりがなければ、それに越したことはありませんが、もし心当たりがあれば、我々があなたを訪問したことはだれにも話さない方が無難でしょう」

松家は電話口での矢代の動揺を見通したように釘《くぎ》を刺した。

それに対して矢代はなんとも答えられない。すでに充分反応を察知されてしまった後である。

だが、松家の警告を受け入れれば、ラストパートナーの存在を認めることになる。矢代は警察と絵里子双方から追いつめられたような気がした。

4

松家の警告の通り、絵里子は鮫川殺しの犯人で、矢代に脅威を感じているとすれば、具体的な動きを起こすであろう。

彼女がなんのアクションも起こさなければ、松家の警告は的を失したことになり、杞《き》憂《ゆう》となる。

だが絵里子が、まさかというおもいを禁じえない。

鮫川殺しについて絵里子に疑いをかけたものの、彼女が自分にまで鉾先《ほこさき》を向けてこようとは考えてもいなかった。

矢代は絵里子を告発する意志はない。告発するに足る証拠もない。彼女の疑わしい状況を庇《かば》って、その援庇《えんぴ》の陰で虫のいい不倫の関係をつづけたいだけである。

だが、絵里子の立場に立てば、矢代は脅威であろう。

立場の相違が、絵里子も結婚前の関係の延長を歓迎するにちがいないと勝手におもい込ませてしまった。

松家が警告して来た二日後、絵里子におしえていた矢代専用の電話番号に絵里子から電話がかかってきた。

「勘ちがいなさらないでね。先日のお電話の一件は私にはまったく関係ないことですけれど、ちょっとお会いしてご相談したいことがあります」

絵里子は言った。矢代はきたとおもった。

「相談って、なんだい」

矢代はさりげなく問い返した。

「電話ではお話ししにくいのよ」

絵里子の声が結婚前、交際していたころの甘い響きを帯びているように聞こえた。

「あなたから電話をもらうとはおもっていなかったな」

「ご迷惑だったかしら」

「いや、迷惑なんてとんでもない。どうした風の吹きまわしかとおもってね」

「一度ゆっくりお会いして、お話ししたいことがあるのよ」

彼女の口調がますます甘い含みを帯びた。

二人だけにわかる甘い含みである。

矢代は絵里子が拒んでいた男と女の関係に戻って、矢代を誘い出そうとしているようにおもった。まさに松家が警告した通りの行動である。

矢代は束の間、迷った。これは彼女が仕掛けてきた危険な罠《わな》かもしれない。あるいは刑事のおもいすごしで、彼女に他意はなく、二人の昔の甘い関係をおもいだして、矢代の誘いに乗ってきただけかもしれない。

とすると、刑事のおもいすごしによって、せっかくの甘い関係の復活をふいにしてしまうことになる。

「どうなさったの。もう私の相談にも乗ってくれるほどの興味もなくなったの」

絵里子の声が少し怨《えん》じたように聞こえた。

「そんなことはないさ。先日はけんもほろろだったので、ちょっととまどっているだけだよ」

「気が進まなければよろしいのよ。私にはあなたのご家庭に波風を立てるつもりはないから」

今度は少し拗《す》ねたような口調になった。

「立場は同じだよ。ぼくもきみの幸せな家庭に波風は立てたくない」

仮に絵里子に危険な意図があったとしても、牽制《けんせい》したつもりである。

「おたがいの立場がわかっていれば、また昔のようにお会いしても差し支えないと考え直したの」

「嬉《うれ》しいことを言ってくれるじゃないか。きみとまた旧交を温められるなんて、夢のようで信じられないよ」

「あら、まだ旧交を温めるとは言ってないわ。ちょっとお会いして相談したいことがあると言っただけよ」

「それだけでも、ぼくにとっては旧交を温めることになるよ。だいぶ冷えてしまったようだからね」

「冷やしたのはあなたの方よ」

「それを言われると一言もない。だから、償いをしたいとおもっている」

「償いをしろなんて言ってないわ。男と女の関係はフィフティフィフティよ」

そんな会話を転がしている間に、矢代の警戒心は少しずつ薄れていった。

「ぼくを相談相手に選んでくれたのは嬉しい。ちょっといま、身動きがとれないので、一週間ほど待ってくれないか」

それでも最大限時間を稼ごうと判断したのは、自衛本能が働いたからである。

5

十一月三十日午後六時ごろ、東京都下町田《まちだ》市金森地区の農道から車輪を落として擱座《かくざ》している車を、たまたま通りかかった町田署の地域カー（パトカー）が見つけて声をかけたところ、車に乗っていた男が慌てて車外に逃げ出した。

不審におもった警官が追跡して男を捕らえた。

「なぜ逃げたのか」

警察官が問いただしても、男はおどおどしていて答えられない。

警察官はピンときた。運転免許証の提示を求めると、家に置き忘れたと答えた。

とりあえず車のナンバーを記録して、男を本署まで同行した。

姓名、住所を聞いても答えない。車内にあった車検証、およびナンバープレートから、車の所有者が判明した。

「鮫川正之、渋谷区笹塚三丁目、陽光荘二〇六号と言えば、たしか厚木署の山中から発見された被害者《ホトケ》じゃなかったかな」

と有馬《ありま》刑事が言い出した。

早速確かめてみると、姓名、年齢、住所が符合している。

殺人事件の被害者の車と判明して、町田署は緊張した。

同車を運転していた男に対する取調べが一変した。

「あんたが乗っていた車の持ち主は、厚木の山の中で殺されていたんだよ。あんたが殺したんじゃないのかね」

と問い詰められて、男は顔色を失った。

「冗談じゃない。おれはそんなことは知らねえよ。おれはただ、拾った車を運転していただけだ」

男は言った。

「拾った車だと。とぼけたことを言うもんじゃないよ。車の持ち主が殺されていたんだよ。その車を運転していたあんたが、最も疑わしい立場にいるんだ。名無しの権兵衛が拾ったじゃすまされないよ」

「本当だよ、おれは車を拾っただけだ。人を殺したりなんかしない」

彼は蒼白《そうはく》になって抗弁した。

自分が深刻な立場に立っていることをようやく悟ったらしい。

「人殺しの犯人にされたくなかったら、正直に言うんだね」

取調官に追い詰められて、男は自供を始めた。

「十月二十二日の夜、中野区の路上にキーを付けたまま停めてある車を見つけて盗んだ。車の中に十万ほどの現金があったので、その金で食料や燃料を買いながら、行く先々で盗みを働いていた。車の持ち主が殺されたなんて、まったく知らなかった。そんな恐ろしい車と知っていたら盗んだりしないよ」

彼は泣きながら供述した。

男は秋田県の山村の出身で、二年前に出稼ぎで上京し、仕事にあぶれ、持ち金もなくなって、浮浪生活中、車を盗んだということである。

鮫川の車を検索したところ、車内から小型カセットレコーダーと数本のテープが発見された。

そのテープを再生した町田署は仰天した。

男と女の会話が録音されている。明らかに性的行為の場面と、領得《りようとく》（取得）した金の分割を相談している。

テープの発見は厚木署と成城署に連絡された。

担当捜査員が集まってテープを聴いた上で、鮫川のアパートの管理人、および入居者を呼んでテープを再生した。男の声が鮫川であることが確認された。

ここに推測通り、鮫川が強盗殺人の被害金を同行していた女性と山分けしたことが裏づけられた。

輻輳《ふくそう》した事件の輪郭はほぼ明らかになった。

成城署管内の独居老人を強殺した小滝友弘は、奪った金を持って逃走中、中富弘一に轢《ひ》き逃げされた。

そこへ鮫川正之が女と通り合わせて、小滝が拐帯《かいたい》していた金を横奪《よこど》り、山分けした。

翌年、鮫川の死体が厚木署管内の山中から発見された。

強盗殺人（独居老人）、轢き逃げ（小滝）、被害金額の横奪り山分け、殺人（鮫川）と四件の事件の関連性はほぼ裏づけられたと言ってよいであろう。

だがここに依然として姿を隠している存在がある。それが鮫川の同行女性である。

テープの内容から、二人が犯行当夜初めて出会い、ホテルでベッドを共にし、轢き逃げ現場に通り合わせた状況がうかがわれる。

テープの内容には三つの場面がある。

第一はホテルでの情事の場面、第二は轢き逃げ現場での金を山分けする場面、第三は後日、鮫川が女の家に電話して恐喝する場面である。

第一の場面には女の素性の手がかりはない。

第三場面でも、鮫川が女の名前を呼びかけた部分が電話を通しての録音が悪く、聞き取れない。

女は鮫川と金を山分けした後、結婚したようである。女にとって鮫川と一夜の情事を交わした事実、および強盗殺人の被害金を横領、山分けしたことは夫に絶対知られてはならない秘密である。

第三場面では、後日、結婚した女をコンサート会場で見かけた鮫川が尾行して、その住居を突き止め（第一場面をタネに）恐喝を加えた模様がわかった。

女の夫が将来を嘱望された学者らしいこともわかった。

第二場面の二人の会話によって、鮫川がホテルで女と別れた後、女を尾行して轢き逃げ現場に行き、小滝友弘が金田老人を殺害して奪った金を横領、女と山分けした状況が明らかにされた。

金額は推定通り八千万ないし一億円である。

テープの出現によって、女が鮫川を殺害した疑いはますます濃く煮つまった。

「第二場面から想像するに、鮫川はホテルで女と別れた後、女を尾行した模様です。そして、女は狛江市域の轢き逃げ現場に行き合わせました。夜の遅い時間、女はなぜそんなところへ行ったのでしょうか」

棟居が言い出した。

集まった捜査員は、はっとして顔を見合わせた。

鮫川の住居は轢き逃げ現場から離れている。

「そうか、女は轢き逃げ現場の近くに住んでいた可能性がありますね」

厚木署の松家が言った。

「女の住居がその近くにあったか、あるいは女の身内や知り合いがその界隈《かいわい》に住んでいたのかもしれません」

深夜、一夜のアバンチュールの相手と別れて、女がまったく無関係の土地に通り合わせたとは考えられない。

しかし、テープの中には女の住居を示唆するような言葉はなかった。

「第三場面によると、女は鮫川の恐喝に屈伏して、杉並区内の児童公園で会ったようです。女が指定した当日、同公園で鮫川と女の姿を目撃している者がいるかもしれません」

棟居が言った。

女が場所と時間を指定している声が辛うじて聞き取れた。

棟居の着眼に基づいて、鮫川の写真を手にした厚木署、成城署の合同捜査隊が、件《くだん》の杉並区の児童公園、およびその界隈に聞き込みの網を広げた。

公園内や近所の住人たちに鮫川の写真を提示して、

「八月下旬、この男が女性を同行してこの公園にいたはずですが、見かけませんでしたか」

と捜査員たちは聞き込みをかけた。

なかなか目ぼしい成果は上がらなかった。

徒労の色が濃くなったとき公園で野良猫に餌をやっていた老女が、鮫川の写真に反応した。

「ああ、この男の人なら見かけたことがあるよ」

「見たことがある。それは八月下旬でしたか」

捜査員は気負い込んだ。

「うん、たしかそのころだったね。そこのベンチに座って、若い女と話していたよ」

老女は公園内に設けられたベンチの一脚を指さした。

「女と話していた……その女の特徴をおぼえていますか」

やはりテープで指定した通り、女は鮫川と公園で会っていた。

「この男と一緒にいた女なら知っているよ」

老女のなにげない言葉に、捜査員は飛び上がりかけた。

「知っているって。お婆さん、その女はお婆さんの知り合いですか」

「わたしゃお婆さんじゃないよ」

老女がむっとした表情になった。

「いや、奥さんのお知り合いですか」

棟居は慌てて言い直した。

「この先の角にあるグリーンハウスというアパートにしばらく住んでいた女だよ。私のように公園の猫に時どき餌をやっていた。壁が緑に塗ってあるからすぐわかるよ」

「いまもその女の人はグリーンハウスに住んでいるのですか」

「しばらく見かけないから、引っ越しちゃったんだろうね」

ここにようやく鮫川のインスタントパートナーの手がかりをつかんだ。

グリーンハウスは公園から二百メートルほどの距離にあるプレハブ二階建てのアパートであった。

老女が言ったように壁面が薄いグリーンで塗られている。一、二階、約二十戸ほどの小型アパートである。

管理人は一階棟末の部屋に住み込んでいた。棟居ほか大勢の捜査員の突然の来訪に、管理人は驚いたようである。

老女から聞いた三、四年前、二十代前半と見られるOL風の色白の女性で、公園でよく野良猫に餌をやっていた女が入居していなかったかと問うと、

「松葉さんのことかな」

とすぐに反応があった。

「まつばさんというのですか」

「三年前まで、こちらの二一〇号室に二年ほど入居していました」

「移転先はわかりますか」

「特に聞いておりません」

「そのまつばさんの姓名と勤め先をおしえていただけませんか」

入居に際して姓名と職業は管理人、または大家に申し出ているはずである。

また受け持ち交番の巡回連絡に答えていれば、交番の住人案内簿に本籍地や緊急連絡先が届け出てあるであろう。

管轄の区役所に住民登録をしていれば、その線からも追える。

管理人が持ち出してきた入居者台帳を覗《のぞ》くと、松葉絵里子、中央区《ちゅうおう》八丁堀《はっちょうぼり》、宝《たから》機器株式会社勤務と記入してある。

入居年月日は五年前の三月二十日、三年前三月末日に転居している。

台帳の転居先欄は空白になっている。

「松葉さんの部屋に訪問者、特に男の訪問者はありませんでしたか」

棟居は問うた。

「特に気をつけていたわけではありませんが、若い女が何度か訪ねて来ました」

「若い女。男は来なかったのですか」

「男は見かけませんでしたね」

「その女の特徴をおぼえていますか」

「さあ、特徴と言われてもね。注意して見ていたわけではありませんから。細身の、色の白い小綺麗《こぎれい》な女でしたよ。

そうだ。一度、松葉さんの留守に、近所に来たついでに立ち寄ったと言って、旅行先の土産物を預けて行きました。そのとき名前を聞くとお土産物に田崎美代子と書きましたよ」

「田崎」

「松葉さんが帰って来たとき、預かった土産物を渡すと、ああ、美代子が来たのねと言ってました」

捜査の触手は宝機器、および杉並区役所へ伸びた。同時に受け持ち交番に松葉絵里子の住人案内簿について問い合わされた。

その結果、松葉絵里子の本籍地は長野《ながの》市、杉並区役所の住民登録の転出先を追って現住所が割り出された。

宝機器では松葉絵里子は昨年八月、結婚退社したことがわかった。

在職中の上司、同僚の評判は、仕事がよくできて信頼できるということであった。

社内では浮いた噂がなく、特に親しくしていた男は見当たらない。

松葉絵里子と田崎美代子との関係は、社内の聞き込みでは浮かび上がらなかった。

「松葉さんは仕事はよくできたけれど、心の中を垣根で囲って、人を寄せつけないようなところがあったわ。会社の外のことは知らないけれど、社内には心を許したお友達はいなかったんじゃないかしら。社内のいろいろなサークルにはまったく参加していなかったし、社員旅行に行ってもいつも一人だったわ。松葉さんの家に行ったことのある会社の人間は一人もいないはずよ」

「松葉さんは会社の外で密《ひそ》かにおつき合いしている人がいるので、会社の人間を家に呼ばないという噂があったわ」

「男の人と歩いているところを見かけたという人もいたわよ」

「あの人、同棲《どうせい》していたんじゃないかしら」

女子社員からはそんな聞き込みも得られた。

同棲云々《うんぬん》は単なる噂にすぎないことが確かめられていたが、社外で松葉が密かに交際していた相手とは、矢代昭であった可能性が大きい。

彼女が退社したのは昨年八月末日であった。

松葉絵里子本人に当たる前に、棟居は彼女が昨年六月六日、田崎美代子に会いに行ったのではないかと、ふと考えた。

狛江市役所の市民課に問い合わせたところ、美代子は同市の住民基本台帳に記載されていた。

田崎美代子の住居は轢《ひ》き逃げ現場に近かった。

厚木署に連絡が取られて、棟居と松家は連れ立って田崎美代子の家を訪れた。

美代子は二人の突然の訪問に驚いた様子であったが、

「絵里子は同郷の友人です。結婚後、没交渉になっていますが、上京後もしばらく親しく行き来していました」

と答えた。

「矢代昭さんをご存じですか」

厚木署の松家がさらに一歩踏み込んだ。

「知っています。絵里子の結婚前の恋人で、私は二人が結婚するものとおもっていました」

「どうして二人は結婚しなかったのですか」

「それは、いまの旦那《だんな》さんの方がよかったからでしょう」

「松葉絵里子さんが結婚した相手はだれですか」

「瀬川幹一という植物学の学者と聞いています」

ここに鮫川正之の犯行当夜の同行女性で、独居老人の被害金を窃取、山分けした共犯者は松葉絵里子であることがほぼ確かめられた。

厚木署の捜査本部と成城署の捜査本部では合同会議を開いて、
①松葉絵里子は六月六日夜、矢代昭と新宿プリンセスホテルで待ち合わせていて、鮫川正之と出会った。
②狛江市域の轢き逃げ現場で鮫川と共謀して強殺犯人の被害金を窃取、山分けした。
③田崎美代子とは同郷の出身で、同夜、田崎の家を訪問する途上、轢き逃げ現場に通り合わせた可能性大。
④鮫川のテープの内容から、松葉絵里子は犯行約一年後杉並区の児童公園で鮫川と会ったことが近所の住人によって確認された。

⑤絵里子の夫は植物学者で、鮫川の死体に付着していた特殊加工を施したオナモミの出所である公算が大。

⑥⑤によって絵里子と鮫川には接点が生じ、①、②の鮫川のパートナーが絵里子であることは確認されたと見てよい。

⑦以上を総合検討して、松葉絵里子を金田満之介老人被害金窃取、および鮫川正之殺人事件の重要参考人として任意同行を求めて事情を聴くことに決定した。

不倫の自由

1

矢代は絵里子の誘いに乗って、デートに応じた。

松家刑事から警告されていたが、まさかというおもいが強い。

鮫川のラストパートナーが絵里子と確認されたわけではない。それが確かめられない以上、絵里子と鮫川を結びつけるのは早計である。

せっかく絵里子が誘いをかけてきてくれたのに、その機会を逃したくない。絵里子と別れてから、彼女に対する未練が募った。

いまは絵里子も矢代と同じ立場にある。たがいの家庭を傷つけないという了解の許《もと》に、アダルトの関係をつづけるパートナーとしては、結婚前の下地があるだけに二人は最適である。

不倫の関係ではあるが、妻以外に素晴らしい異性がいるということは、人生を豊かにしてくれる。

しかも、絵里子に対して矢代は種馬ではない。

十二月十日、絵里子が指定した場所で待っていると、彼女がマイカーを運転してやって来た。

「お久し振りね」

絵里子はドアを開けて艶《あで》やかに笑った。結婚してますます女っぽく熟れてきたように見える。

矢代は改めて、こんな美《い》い女を自ら手放してしまったことを後悔した。

いまは他人の花となったが、それを丹念に育て、美しく開花させたのは自分だという自負がある。

「きみとまたデートできるなんて、夢のようだよ」

「私も嬉《うれ》しいわ。あれからあなたのことがいつも心に引っかかっていたのよ」

「すまないとおもっている。でも、これから償いをするつもりだ」

「どんな償いをしてくださるの」

絵里子が挑発するように流し目で睨《にら》んだ。

「できることなら、以前の二人に戻りたい」

「そんな強がりを言わなくともいいのよ。あなたは逆玉の輿《こし》に乗ったんでしょう」

「本当に逆玉かどうか、きみと久し振りに会って、きみと別れたことを後悔している」

「駄目よ。いまさらそんなことを言っても。私にも立場があるわ」

「わかっているさ。きみの立場は尊重するよ」

「私の立場を尊重してくださったら、デートなんかに誘い出さないんじゃないの」

「きみを庇《かば》ってやりたいとおもったんだよ」

「私にはだれからも庇ってもらう必要はないのよ。あなたの誘いに応じたのは、私もあのまま中途半端にお別れしたくなかったからよ」

「なんでもいいよ。こうしてきみに会えたのは、とてもハッピーだ」

絵里子の運転する車に乗せられて、言葉を交わしている間に、以前の恋人関係に戻ったような気がした。

絵里子の口調にはまったく害意は感じられない。最初は警戒していたつもりが、松家の警告をきれいに忘れてしまった。

「久し振りだ。きみと二人だけになりたい」

助手席の矢代は、運転する絵里子の至近距離に身を置いて、露骨に求めた。既成事実に立っての馴《な》れ馴《な》れしさである。

「二人だけになっているじゃないの」

「あまり焦《じ》らすもんじゃないよ」

「私は車の中でもかまわないけれど、だれかに覗《のぞ》き込まれるかもしれないから、静かなところへ行きましょうか」

絵里子は二人だけにわかる淫靡《いんび》な笑いを浮かべて言った。これも過去を共有した男女の馴れ合いであった。

2

瀬川（旧姓松葉）絵里子の任意同行を決定した厚木署、成城署の捜査本部では、彼女の在宅を確かめた。

ところが、捜査本部が行動を起こす直前に、絵里子はマイカーを駆って外出していた。

不吉な予感をおぼえた棟居が矢代に連絡を取ったところ、彼もほぼ同時刻に外出していた。

当日、料亭は休日である。

棟居の不吉な予感はますます凝固してきた。

「なんだかいやな感じですね」

松家も棟居と同じような予感を促されているらしい。

「まさかとはおもいますが、絵里子が矢代を誘い出したのであれば、危ない気配がします」

「矢代には絵里子……まだ名指しはできませんでしたが、六月六日夜のパートナーからの誘いには気をつけるようにと警告しておいたのですが、それが裏目に出てしまったかもしれません」

松家の面を塗った不安の色は濃くなっている。

松家の警告を矢代が絵里子に伝えていれば、絵里子をさらに追いつめられるかもしれない。

「絵里子と矢代が会っているとすれば、矢代が危ないですね」

棟居は胸中の危惧《きぐ》を繰り返した。

「絵里子の車を手配しますか」

「なんの名目で手配します。逮捕状も発付されていないカップルのデートを、我々の不安だけで手配するわけにはいかないでしょう」

絵里子はこの計画のために、かねて下見をしておいた神奈川県下の東名《とうめい》高速沿いのあるモーテルを現場に予定していた。

ワンガレージ、ワンルーム方式のモーテルで、料金の支払いはすべて自動支払機で行なえる。

従業員とはまったく接触せずにモーテルの部屋を利用できる。出入口に防犯カメラも設置されていない。

まことに絵里子の計画のために造られたようなモーテルであった。

絵里子は車をそのモーテルに乗り入れた。

各客室はコンパクトにまとめられている。ダブルベッドにユニットの浴室、テレビ、冷蔵庫が備え付けられているだけである。

セックスを刺激するための電動ベッドや、浴室のマジックミラー、自分たちの行為を録画、再生するVTR装置などは一切ない。

愛し合う二人にはこれだけで充分というプライバシーを保証した機密性と機能性が売り物である。

「こんなモーテルをいつ探したんだい」

矢代は驚いた。

「週刊誌に紹介されていたのよ、ここならだれにも見られることなく出入りできて、二人だけの密室でおもうさま愛し合えるわ」

絵里子も完全密室の中で大胆になった。

「ご主人と利用したんじゃないのかい」

矢代の口調が皮肉っぽくなった。

結婚前、つき合っていたころはシティホテルを利用していて、モーテルやラブホテルの類《たぐい》には来たことがない。

「主人の話はしないで。あなただって奥さんのことを忘れて来たんでしょう」

「ごめん。初めてこのようなところへ来たので、ちょっと驚いたんだ」

「今日はあまり時間がないのよ。シャワーを使って」

絵里子は矢代を促した。

「きみから先に使いたまえ。ぼくは一緒でもいいんだが」

矢代はシャワーを使っている間に、絵里子に逃げられてしまうのではないかと不安らしい。

「後でいくらでも一緒になれるんだから、シャワーは一人で使いたいわ。それでは私が先に使うわよ」

絵里子は矢代を安心させるために、先に浴室に入った。

ざっと汗を流して浴室から出ると、矢代はすでにモーテル備え付けの浴衣《ゆかた》に着替えていた。

矢代が浴室に入ったのを確かめて、冷蔵庫を開く。これもすでに下見ずみである。

冷蔵庫に仕込んであったビールの間に、同じ銘柄の仕掛けをしたビールを混入しておく。

間もなく矢代が浴室から出て来た。

「あら、烏の行水ね」

「時間がないんだろう」

「とりあえず久し振りの再会を祝して乾杯しましょうよ」

絵里子は矢代の目の前で冷蔵庫を開き、ビールを取り出した。

矢代はホテル備え付けの冷蔵庫の中に入れてあったビールに安心しているらしい。

グラスにビールを満たして乾杯したとき、ベッドサイド・テーブルの上の電話が鳴った。

絵里子はぎょっとした。二人がここへ来たことはだれも知らないはずである。

「フロントかもしれないな」

矢代はつぶやいて、受話器を取り上げた。

二言、三言、言葉を交わした矢代は、受話器を置いた。

「だれ」

「まちがい電話だよ。そそっかしいやつだ」

矢代が言った。

絵里子はいやな感じがした。

本当にまちがい電話かもしれないが、万一、だれかが絵里子の計画を知っていて、電話で牽制《けんせい》してきたとすれば……。絵里子は何者かに監視されているような気がした。

まさかとはおもうが、万全を期するためには今日の計画は取り止めた方がよいかもしれない。

一抹の不安でもある限り、計画を強行すべきではない。

絵里子の殺意はいまのまちがい電話によって急速に萎《な》えた。

「どうしたんだい。さあ、乾杯しよう」

矢代が促した。

絵里子はグラスを取り上げようとして、故意に指を滑らせてグラスを倒した。中身がテーブルの上にこぼれた。

「あっ、ごめんなさい。新しいビールを出すわ」

「ぼくはこれでいいよ」

「せっかくの乾杯ですもの。新しいビールでやり直しましょうよ」

絵里子は矢代のビールを満たしたグラスと、中身をこぼした自分のグラスをさっさと取り片づけ、新たなグラスを用意して、冷蔵庫から新しいビールを取り出した。

今度は無事に乾杯した。矢代は完全に警戒の構えを捨てている。

「さあ、久し振りに旧交を温めようよ」

矢代が催促した。

もはやこうなっては逃れられない。なんといっても過去の下地がある。絵里子は夫に詫《わ》びながら、矢代に抱かれた。

矢代に対する愛は冷めていたが、肉体はおぼえていた。

意志に逆らって女の官能が燃えた。

自分の体内にべつの好色な生命が住み着いていて、あられもない喜悦の声をあげている。

絵里子はそんな自分の身体を汚らわしいとおもった。

だが、おもうだけで、意志に反して女体は貪婪《どんらん》に男の精を求めている。

この間のタイムギャップを見事に埋めて、二人は前以上の官能を共有していた。

倦《あ》くことない共食の構図を、ようやく体力が尽きて二人は解いた。

だが、新たな欲望がすぐに頭をもたげて来ることはわかっている。

「そろそろ行かなければ」

絵里子は未練を断ち切るようにして、ベッドから身を起こした。新たな体力が充実する前に、身繕いをしてしまわなければならない。

「まだいいじゃないか」

矢代が引き止めた。

「駄目よ。今日は時間がないと言ったでしょ」

「次はいつ会ってもらえるんだい」

「今日が最後よ」

「なんだって」

矢代が驚いたような声を出した。

いまの充実した情事から、絵里子との関係が復活したと自信を持っていたらしい。

「さっき言ったでしょう。あんな中途半端な別れ方はいやだって。だから、これで私たちの関係にピリオドを打ったの。あなたも満足でしょう。私たち、もう昔とはちがうのよ。おたがいの立場を尊重して、今日の素晴らしい想い出を最後に、別れましょう」

絵里子はきっぱりと言った。

「最後の想い出にするために会ってくれたのかい」

「そうよ。これで怨《うら》みっこなし。いつまでもずるずると爛《ただ》れた関係をつづけていれば、二人ともきっと破滅するわよ。私はいまの幸せを失いたくないの。主人にも満足しているのよ。あなただって、凄《すご》い逆玉の輿《こし》を火遊びで失いたくないでしょう。二人の利害は一致しているのよ。わかってほしいわ」

絵里子は諄々《じゅんじゅん》と説得するように言った。それは自分自身をも説得している。

矢代を殺さなくてよかった。彼を殺せば、また新たな危険を増やすことになる。

矢代が身を退《ひ》いてくれれば、八方円くおさまるのである。

鮫川とちがって、矢代は失うものを持っている。彼はそれを失いたくないはずだ。そこを攻めれば、必ず聞き入れてくれるであろう。

絵里子も矢代も一本の電話によって、間一髪、危機を躱《かわ》した。

「わかった。今日の想い出を宝物にして別れよう。きみの家庭と幸せを傷つけるつもりはない」

矢代がうなずいた。

「有り難う。きっとわかってくださるとおもったわ」

「警察が調べに来たのは、ぼくの考えすぎだったかもしれない」

「そうよ。私にはなんのことかまったく心当たりはないもの」

矢代は絵里子が危害を加えなかったことで完全に彼女を信用したらしい。

計画の中止が彼の信用を購《あがな》ったのである。その意味でも中止してよかった。

モーテルから出た二人は、落ち合った場所で別れた。

3

瀬川絵里子と矢代昭が無事に帰宅して来たのを知った捜査陣は、肩透かしを食わされたように感じた。

絵里子が矢代を誘い出した目的は、てっきり彼の口を封ずるためと見ていた捜査当局の懸念は、杞憂《きゆう》に終わった。

緊張が緩んで、脱力感をおぼえた。

「矢代が無事に帰って来たところをみると、絵里子には殺意はなかったのではないのか」

「そんなはずはない。いま絵里子が矢代に会う理由はなにもない」

「会う理由がないことはあるまい。焼け棒杭《ぼっくい》に火ということもある。昔の恋人同士が再会して旧交を温めたのではないのか」

「瀬川絵里子は鮫川正之から恐喝されていた疑いが大きい。恐喝から逃れるために、彼女が鮫川を殺害したとすれば、その直後、新たな危険を招き寄せるような矢代との関係を復活させたとは考えられない」

「矢代と絵里子が会ったかどうか、まだ確かめられていない。二人のデートを前提に推測を進めるのは飛躍ではないか」

侃々諤々《かんかんがくがく》たる意見が多出して、まずは矢代にデートのパートナーを確かめることになった。

再三現われた刑事に、矢代は露骨に眉《まゆ》を顰《ひそ》めた。

「刑事さん、いいかげんに勘弁してくださいよ。私が一体なにをしたというのですか」

「お出かけになっていたようですが、どなたにお会いになっていたのですか」

棟居は単刀直入に質問した。

「私がだれと会おうと、私の勝手です。いちいち警察に申告すべきことではないでしょう。プライバシーの侵害ではありませんか」

矢代は憤然とした。

「あなたのプライバシーを詮索《せんさく》する意図はないと申し上げております。もしあなたのお会いになった相手が瀬川絵里子さんであれば、あなたは非常な危険を冒したことになるのですよ」

「馬鹿なことを言わないでください。私はこうしてピンピンしています。仮に私が会った相手が瀬川絵里子さんであるとしたら、彼女に無実の疑いをかけたことになります。なんの証拠もなく推測だけで人を疑うのはやめてくれませんか」

「推測だけではありません。瀬川絵里子さんは鮫川正之と関わりがあったことが確かめられています。あなたが会った相手が彼女であるなら、彼女はなんらかの目的を持っていたはずですよ。それを我々は知りたい」

「男と女が会う目的は決まっています」

「やはりデートの相手は瀬川絵里子さんだったのですね」

矢代は語るに落ちた形になった。

「それがどうしたというのですか。警察は根も葉もない嫌疑を彼女にかけて、私を恫喝《どうかつ》した。私が彼女に会って無事に帰って来たということは、警察の推理が的外れで、いわれもなく私を脅迫したことになりますよ」

「脅迫や恫喝の意図はありません」

「脅迫でなければなんですか。あなた方はプライバシーを侵害しているだけではなく、恋愛の自由を侵しているのです」

「恋愛の自由ですか。その自由はそれぞれの家庭に知られては都合が悪いのではありませんか」

「脅迫するつもりですか」

「そんなつもりはありません。鮫川の死因に重大な関与をしていると目される女性と、あなたはデートをしたのでしょう。男と女が会う目的は決まっているとおっしゃいましたが、必ずしもそうとは限らない。たとえあなたがお決まりの目的のために会ったとしても、彼女が同じ目的でデートに応じたとは限りません。

なにか予期せざる事情が発生して、目的を中止、あるいは変更したことも考えられます。我々はあなたに発した警告を取り下げておりません。あなたの身は依然として危険に晒《さら》されていると考えています。あなたがもし彼女に会ったとすれば、無事に帰って来られたのはラッキーだったのです。瀬川絵里子さんに会ったのですね」

「彼女に確かめてみればいいでしょう。ぼくの口からは申し上げられません」

矢代はかたくなに黙秘を通しているつもりだったが、すでに語るに落ちていた。

矢代のデートパートナーは瀬川絵里子であることがほぼ明らかとなった。

矢代としては絶対的に頭が上がらない妻の手前、不倫を認めるわけにはいかない。意地が汚いくせに、保身に汲々《きゆうきゆう》としている。

刑事が再三、彼の身辺に現われるだけで、生きた心地もしないようである。

矢代に会って、デートパートナーの心証を得た捜査陣は、いよいよ本命の瀬川絵里子に対決することになった。

4

矢代とのデートを無事に終えた絵里子は、ほっとすると同時に、不安が容積を増してくるのをおぼえた。

矢代に対する不安ではない。矢代の口は殺さずとも封じられる。矢代は絵里子以上に現在の位置を失いたくない。

問題は矢代をマークした警察である。

警察がどんなきっかけから矢代を割り出したのかわからないだけに、不気味である。

だが、彼らが矢代に目をつけたからには、簡単にはあきらめないであろう。

矢代から自分が割り出されるのは時間の問題である。

しかし、昨年六月六日夜の矢代のパートナーが絵里子であることが判明しても、べつにどうということはない。

矢代にすっぽかされて、鮫川と結びついた証拠はなにもない。絵里子が突っぱねればそれまでである。

それにもかかわらず、不安は容積を増してくる。

警察が矢代に目をつけたということは、しかるべき根拠があったからであろう。

不安のプレッシャーが限界に達したとき、数人の見慣れぬ男たちが絵里子を訪ねて来た。

彼らは慇懃《いんぎん》な口調で絵里子に面会を求めた。いずれも穏やかな紳士であったが、そのグループから一種の殺気のような気配が立ち上がっていた。

絵里子はとうとう来たとおもった。

彼らは神奈川県警捜査一課、同厚木署、警視庁捜査一課、同狛江署の捜査員であることを告げた。

「ある事件の捜査についておうかがいしたいことがあります。本署までご同行願えますか」

グループの中の棟居と名乗った刑事が、丁重ながら有無を言わせぬ口調で言った。

絵里子は一瞬目の前が暗くなったが、意志の力で立ち直った。

彼らが任意同行の要請をしてきたということは、まだ容疑が固まっていない証拠である。

おそらく彼らは矢代の口を割って、絵里子を割り出したのであろう。

警察に対して口を閉ざしていた矢代が、その閂《かんぬき》を外したのは、彼が絵里子にかけた嫌疑を解いたからであろう。

絵里子に後ろ暗いところがなければ、彼女を庇《かば》う必要はないと、矢代は判断したにちがいない。

とすれば、なにも恐れる必要はない。

絵里子は成城署へ同行した。

5

成城署では厚木署捜査本部から出張して来た厚木署刑事課長の橋爪《はしづめ》と名乗った警部が取調べに当たった。

補佐に付いたのは厚木署の刑事松家と、成城署捜査本部から参加した棟居ほか二名である。

「どうも奥さん、今日はわざわざご足労いただいて申し訳ありません」

橋爪課長はにこやかに挨拶《あいさつ》した。

素性を知らなければ、捜査本部の強面《こわもて》警部とは見えない穏やかな風貌《ふうぼう》をした柔らかい物腰の男である。

「いいえ。警察から呼ばれたのは初めての経験ですので、ちょっととまどっております」

絵里子は落ち着いた声で答えた。

刑事たちの訪問を受けたときはショックを受けたが、自分でも意外に平静な声が出た。

「これも捜査の手つづきの一つでございまして、お手間は取らせないつもりです」

橋爪は低姿勢に切り出した。

「どんなことでございましょうか。私にできることならお役に立ちたいとおもいます」

橋爪の穏やかな口調に、絵里子は完全に落ち着きを取り戻した。

「矢代昭さんをご存じですか」

「はい、結婚前に少しおつき合いをしていました」

絵里子はあえて秘匿しない方がよいと判断した。

警察が矢代との関係を聞くからには、そのことに関してはすでに調べがついているのであろう。

へたに隠し立てして、いらざる疑いを招かない方がよい。

「最近はいかがですか」

「おたがいに結婚しましたので、ごく稀《まれ》に電話で話をするくらいで、交際はしておりません」

「そうですか。つかぬことをうかがいますが、昨年の六月六日、新宿プリンセスホテルで矢代さんと会う約束をしていらっしゃいましたか」

絵里子は来たとおもった。ここは正念場である。これをしのげれば、警察は絵里子に手をつけられない。

絵里子は意志の力で気を引き締めた。

「それは私のプライベートな問題ですけど、どうしてそんなことをお尋ねになるのですか」

「失礼は幾重にもお詫《わ》び申し上げます。我々はあなたのプライバシーを詮索《せんさく》する意図はまったくありません。我々が担当している事件の捜査の参考におうかがいしたいのです。ご協力いただけませんか」

「それでしたら、なぜ矢代さんにお尋ねにならないのですか」

「もちろん聞きましたよ」

「でしたら、私がなにも答えることはないでしょう」

「あなたご自身にも確かめたいのです」

「一年以上も前のことなのでよくおぼえていませんが、そのころ矢代さんに会ったような気がします」

「たしかに会ったのですか。会う約束はしたが、矢代さんは約束の時間に約束の場所に現われなかったのではありませんか」

「さあ、どうだったかしら」

「矢代さんに確かめたところ、急用が発生して、約束を取り消したとおっしゃっていました。もっとも突然のことだったので、取り消しの連絡はできなかったとおっしゃっています。あなたは約束通り、新宿プリンセスホテルのラウンジで矢代さんを待っていたのですね」

「たぶんそうだとおもいます」

「約束をすっぽかされて、どうなさいましたか」

「もちろん、矢代さんが現われないので、帰って来ました」

「鮫川正之という男をご存じですか」

橋爪は突然、質問の鉾先《ほこさき》を変えた。だが絵里子の急所を正確に突いている。

「いいえ、知りません。だれですか。その人は」

絵里子はポーカーフェイスをつくって問い返した。

「鮫川は同じ日、同じ時間の六月六日午後七時ごろ、新宿プリンセスホテルのラウンジである女性を待っていたのです」

「そのことが私とどんな関係があるのですか」

「鮫川もあなたと同じように、待ち人来たらずでした」

「それがどうしたのですか」

橋爪の質問は次第に核心に触れてきている。

「あなたも矢代さんにすっぽかされた。たまたま二人の席は接近していました。鮫川はあなたに声をかけませんでしたか」

「さあ、全然記憶がございません」

「我々は鮫川があなたに声をかけて、それ以後、あなたが鮫川と行動を共にしたのではないかと考えています」

「失礼なことをおっしゃらないでください。私が矢代からすっぽかされたとしても、声をかけてきた未知の男性と、どうして行動を共にしなければならないのですか」

絵里子はきっとなって言った。

「失礼は承知でお尋ねしております」

「その質問は私を侮辱したことになりますわ」

「奥さん、あながちなんの根拠もなくお尋ねしているわけではないのですよ」

丁重な橋爪の口調がねっとりと粘り気を帯びてきたようである。

「根拠？　どんな根拠があるとおっしゃるのですか」

「奥さんはその後、杉並区の公園で鮫川と会っていたと証言する人がいるのですが」

絵里子は胸の急所をぐさりと突かれたような気がした、事実、その部位に痛みをおぼえた。

「いかがですか。鮫川に会ったのではありませんか」

「鮫川などという人間は知りません」

絵里子は言い張った。ここで認めることは屈伏につながる。

「奥さんは結婚前の一時期、杉並区にお住まいでしたね」

「はい」

絵里子はしぶしぶうなずいた。次第に追いつめられている気配が感じられる。

「その当時お住まいになっていたアパートは、グリーンハウスというのでしょう」

「たしかそんな名前でした。短い期間だったので、よくおぼえていません」

「いや、管理人に確かめましたところ、約二年間、グリーンハウスに入居されていましたよ」

「そうですか。二年もいたかしら」

「そのグリーンハウスの近所の住人があなたをおぼえていましてね」

「それがどうかしたのですか」

無意識のうちに声の抑制が外れかけている。

「奥さんが鮫川と会ったという公園は、そのグリーンハウスのすぐ近くでした」

「私は鮫川という男を知らないと申し上げております」

「ところが、グリーンハウスの近所の住人が、あなたと鮫川がその公園で話し合っていたと証言しているのです」

「私にはおぼえがありません。とんでもないいいがかりですわ」

絵里子は唇を噛《か》み締めた。

以前、一時期居住したアパートの近くの公園などに鮫川を誘い出すべきではなかった。まさか自分を見知っている人間が公園をうろついていようとはおもわなかった。

だが、まだ言い抜けられる。つき合いのない以前の住人の曖昧《あいまい》な証言である。そんなものはなんの証拠価値もない。

知らぬ、存ぜぬを押し通せば、警察は追いすがれない。

「そうですか。不確かな証言ですからね。あなたが知らないと主張されるからには、知らないんでしょうね」

橋爪はあっさりと矛を収めた。

「この鮫川という男は悪いやつでしてね、あなたが矢代さんと待ち合わせた六月六日夜、待ち人にすっぽかされた後、都下狛江市域で発生した轢《ひ》き逃げ被害者の金を横奪《よこど》りした疑いがあります」

絵里子は言葉をさし挟まなかった。

「ところが、この金を横奪りしたのは鮫川一人ではなさそうなのです」

「……………」

「そのとき鮫川にはどうやら同行者がいた気配で、その同行者と金を山分けした模様です」

「……………」

「鮫川は本年十一月二十六日、神奈川県厚木市域の山中で殺害死体となって発見されました。我々は犯人として六月六日夜、彼と金を山分けした同行者を疑っております」

絵里子は沈黙を通した。口を開けば墓穴を掘るような気がした。

「鮫川は殺された当時、だれかを恐喝していた気配がありました。つまり、轢き逃げ被害者の金を山分けした共犯者です。共犯者はその金を資金にして、その後、幸せな生活を送っていたとします。そこに尾羽打ち枯らした鮫川が現われたのです。恐喝された共犯者は現在の幸福を守るために、鮫川の口を塞《ふさ》いだという構図です」

「私にはなんの関係もないことですわ」

口を開くことの不利を承知しながらも、なにかを言わずにはいられないコーナーへ追いつめられている。

「鮫川が殺される少し前、彼のマイカーが盗まれましてね」

そのとき絵里子には橋爪の顔がにやりと笑ったように見えた。

「その車が最近発見されましてね。車の中からこれが出てきましてね」

橋爪が絵里子の前に黒い小さな箱を置いた。小型のカセットレコーダーである。

絵里子は自分でも顔色が変わるのがわかった。顔面が硬直している。

「なかなか興味ある会話が録音されております。ちょっと再生してみましょう」

橋爪が指を伸ばして再生ボタンを押した。

変な網

1

「せめて、今夜一夜だけ一緒にいてくれないか。人生のたった一夜だけ、きみと共有したい……」

「……一緒にいる時間が長ければ長いほど未練が出るわ……」

「……とりあえず銀行に仮名を使って預けておいて、少しずつ使うんだね」

「わかっているわよ。あなたこそ、急に札びらを切らない方がいいわよ」

「今夜はとても素晴らしい夜だった。あんたに出会ったことを感謝するよ」

「もう二度と会いたくないわ」

「いかがですか。男の声は鮫川、女の声は奥さんに似ていますな」

橋爪が絵里子の顔を覗《のぞ》き込んだ。

「ちがいます。私の声ではありません。テープの録音の声など、なんの証拠にもなりません」

絵里子は言い張った。

「そうですか。女の声の主はてっきり奥さんではないかとおもっていたのですがね。ご主人に聞いてもらったら聞き分けられるんじゃないかな」

「主人には関係ありません」

絵里子は悲鳴のような声をあげて、橋爪を遮った。

「ご主人に聞かれては都合の悪いことでもあるのですか」

「主人には関係ないのです。都合ではありません」

「奥さんによく似ている声なので、奥さんかどうか、ご主人ならば聞き分けられるとおもったのですが」

「迷惑です。こんな私に関係ない会話を盗み録《ど》りして主人に聞かせたら、主人は不愉快になります。私も痛くもない腹を探られたくありませんわ」

「痛くもない腹を探られたくないとおっしゃるなら、この際、おもい切って声紋の鑑定を受けてはいかがですか」

橋爪は切り札を出した。

「そんな必要はありません。私にはまったくおぼえのないことです」

「本当におぼえがないとおっしゃるのですね」

橋爪の口調には余裕が感じられた。

「ございません」

「実は鮫川の死体の衣類から採取されたものがあります」

「衣類から採取……？」

「犯人の手がかりと申し上げてもよろしいでしょう」

手がかりになるようなものはなにも残していないはずである。相手は鎌を掛けている。

それに引っかかってはならない。絵里子は自らを戒めた。

橋爪が松家に目配せした。

松家がビニール袋に入れた植物の実と葉を持って来た。鮫川のズボンの裾《すそ》から採取されたオナモミである。

冷凍保存されていたので、採取時と同様の鮮度を保っている。

「これはオナモミという植物の実で、広く山野に分布しているそうです。これが鮫川のズボンに付着していたのです」

橋爪が言った。

「広く山野に分布しているのであれば、遺体が発見された現場で付着したものではありませんか」

「その可能性はあります。しかし、このオナモミには特殊加工が施されていたのです」

「特殊加工……？」

「専門家にこの植物を調べてもらいましたところ、低所の路傍や河原や原野などの荒地に自生しているそうです。この植物は通行する人間や動物の体に付いて移動し、分布区域を拡げて行く動物依存型の植物ということです。

この草を煮つめたエキスは蓄膿症《ちくのうしょう》や神経痛、あるいはマラリアに効くそうです。秋に開花する典型的な短日植物で、日照時間と花芽形成を調べる実験材料として広く用いられているそうです」

「広く用いられている特殊加工ですか」

絵里子は皮肉っぽい口調で言葉を挟んだ。

だが、橋爪は表情を動かさず、

「このオナモミはグリーンハウスの中で一枚の葉だけ残して、秋と同じ条件にして人工的な短日処理、つまり人工的に日照時間を短くすると、花芽形成が起きるそうです。

この性質を利用して、短日処理を施した植物を普通の条件で、花芽ができていない植物に接ぎ木をすると、接がれた方の植物にも花芽が形成されるそうです。

このことから花芽形成には短日処理を葉が感知して形成されるなんらかの物質が関与していると推定できるそうです。

専門家に調べてもらったところ、このオナモミには人工的な短日処理が施されているということでした」

「でも、たったいま、実験材料として広く用いられているとおっしゃったではありませんか」

絵里子は言い返した。

橋爪は、オナモミが絵里子の家から運ばれて来たと言いたいのであろう。夫の研究資料の中にたしかにそのような植物があったような気がするが、まだ致命的な手がかりとは言えない。

「ところが、鮫川の死体に付着していたものは、オナモミだけではなかったのですよ」

「オナモミだけではない」

橋爪が目配せすると、松家がべつのビニール袋を取り出して来た。

「これをご覧ください」

松家から受け取ったビニール袋を橋爪は絵里子の前に差し出した。

ビニール袋の中にはなにかの植物の断片らしいものが保存されていた。

「これはナンバンギセル、別名オモイグサという花の種子です。ナンバンギセルはハマウツボ科の寄生植物で、自分自身に葉緑体を持たず、自力では光合成を行なえません。したがって、すべての栄養を他の植物から吸い取る寄生植物だそうです。ナンバンギセルの種子は土の中では発芽せず、普通はススキ、まれにはミョウガやサトウキビの根に寄生して実を結び、花を咲かせます。花の茎から横向きに咲く花の形が西洋パイプに似ているのでナンバンギセルと名づけられ、木から横向きに咲く花が首をかたむけて物想いに耽《ふけ》っているような形に見えるので、オモイグサとも呼ばれています。

この花の種子が鮫川の死体からオナモミにくっついて発見されたのですよ。死体が発見された現場にはナンバンギセルは咲いていませんでした。試みにご主人に聞いたところ、ナンバンギセルの寄生植物を調べるために、さまざまな植物の根に接着実験を行なっているそうです。ご主人にこのオナモミとナンバンギセルの種子を見せたところ、たしかにご主人の研究資料であることを確認しましたよ」

「研究見本の植物でしたら、主人以外の研究者の身のまわりにもあるはずです」

絵里子の抗弁に橋爪はにんまりと笑って、

「実は奥さんにお聞きする前に、ご主人に会って確かめましたところ、植物の実や芽、葉の形成状態から、ご自分の研究見本であることを確認されました。さすがご自分が日夜観察しておられるだけに、ご主人のオナモミにまちがいないと断言されましたよ」

ひっと声にならない悲鳴が絵里子の喉《のど》から洩《も》れた。

「ご主人の研究見本のオナモミを鮫川の死体に運べる人間は、まずご主人、そして奥さんです。ご主人は鮫川をまったく知らないそうです。我々の捜査によっても、ご主人と鮫川の間には奥さんを介して以外には接点がありません。ご主人が嘘をついていない限り、奥さんがオナモミを運んだことになります」

「私は、私は知りません」

絵里子は必死に抗弁したが、その声は無惨に震えていた。

「奥さん、テープの声とオナモミから、昨年六月六日夜、轢《ひ》き逃げ被害者の金を鮫川と共に窃取、山分けした共犯者、そして鮫川の死体にオナモミを付着した人物は奥さんと我々は考えています。そうではないという反証がありましたら、ぜひお示しください」

橋爪は一気につめ寄った。

すでに絵里子の耳には橋爪の声が入らなかった。

ようやく築き上げた幸福ががらがらと崩れ落ちて行く音が、橋爪の言葉を消している。鮫川を殺したとき、いや鮫川と金を山分けしたとき、すでにその音を遠方に聞いていたような気がする。

鮫川は絵里子の寄生虫であった。寄生虫を駆除するために構築した完全犯罪が、夫の研究資料である寄生植物によって突き崩されてしまった。

その皮肉な因果にも、いまの絵里子は気づいていない。

しょせん人の不幸の上に自分の幸せを築こうとしたことが誤っていた。

鮫川と山分けした金そのものが血にまみれていた。その血を糊塗《こと》しようとして、新たな血を塗り重ねた。

こんな幸せがつづくものと本気でおもっていたのであろうか。

「奥さん、あなたを鮫川正之殺害容疑で逮捕します。ここに逮捕状があります」

橋爪は言って、一枚の紙片を絵里子の目の前にかざした。

絵里子の網膜は逮捕状という文字を確かに映していながら、視野は絶望に閉ざされていた。

2

瀬川絵里子の自供によって、一連の事件は解決した。

成城署、狛江署、厚木署、三署合同の打ち上げパーティに集まった捜査員たちは、ささやかな祝杯を挙げた。

「まずはおめでとうございます」

那須の発声によって乾杯後、捜査員たちは雑談を交わした。

「六月六日夜、絵里子が鮫川に会わなかったら、少なくとも鮫川は死なずにすんだでしょうね」

松家が言った。

「それ以前に、矢代が絵里子をすっぽかさなければ、絵里子と鮫川は出会わなかったはずだ」

橋爪が松家の言葉を承《う》けた。

「まちがっても行きずりのラブアフェアなどはすべきではありませんね」

石井が憮然《ぶぜん》たる表情で言った。

「大丈夫、我々にはまず縁のないことです」

成城署の嶋田がまぜっ返したので、一座がどっと沸いた。

「しかし、独り暮らしの老人を殺害して金を奪って逃げる途上、犯人が轢き逃げされたのは、これも天網でしょうか」

「天の網にも時には変な網がありますよ」

野村が言ったので、また雰囲気が盛り上がった。

「しかし、私はいまだに本当に悪いやつはどこかで笑っているようなおもいを捨てきれません」

棟居が言った。

それはどういう意味かと、一座の目が棟居に集まった。

「金田老人を殺害した犯人は、死人に口なしで自供が取れていません。小滝が拐帯《かいたい》していた金から、金田殺しの犯人と推測しただけです。小滝と金田殺しが切り離されていれば、金田殺しの犯人はどこかで笑っているでしょうね」

棟居の言葉に、せっかく盛り上がっていた一座の雰囲気が少し白けた。

本当に悪いやつ

1

瀬川絵里子が犯行を自供したという報道は、矢代昭に衝撃をあたえた。

やはり矢代が推測した通りであった。

だが、矢代がまったく無関係というわけにはいかない。

矢代があの夜、約束を守っていれば、彼女は罪のブラックホールへ落ちなかったはずである。

矢代は絵里子にすまないことをしたとおもった。

絵里子は矢代の穴埋めではなく、すっぽかされた腹いせから鮫川の誘いに乗ったのであろう。

二人の関係がどうにもならないところへ来ていたことはたしかであった。

だが、別れるにしても、べつの別れようがあったとおもう。

消耗品を捨てるように、矢代は絵里子を捨てた。

絵里子から逆玉の輿《こし》へ乗り換えた。だが、その輿も決して乗り心地のよいものではない。

老舗《しにせ》の血を絶やさぬための種馬が彼にあたえられた役目である。もしその役目を果たせなければ、即座にお払い箱になるであろう。

矢代には、いま密《ひそ》かな、そして重大な悩みがある。

結婚後一年を越えるが、妻は一向に妊娠する兆候がない。どちらかに原因があるのであろうが、その原因を究明するのが怖い。

もし彼の方に原因があるとすれば、種馬失格である。

絵里子と交際中、二度中絶させている。したがって彼には授精能力はあるはずであるが、もし彼の方に原因があるとすれば、絵里子は彼を欺いていたことになる。

もしかすると、絵里子は矢代が別れ話を切り出すのを待っていたのかもしれない。すっぽかされたのを奇貨として、早速べつの男に乗り換えてしまった。

逆玉どころか種馬を失格し、絵里子に決定的に裏切られていた矢代に行く場所がない。

矢代はこれまで人生をあまり真剣に考えていなかった。おそらくこれからもそうであろう。

そんな生き方をしている自分は、いつかきっと人生に裏切られるような気がする。その時期が意外に早くやってきそうな気がした。

2

瀬川幹一は松葉絵里子と結婚したとき、彼女が処女ではないことを悟った。

二十七歳のキャリアウーマンであるから、当初から処女であるとはおもっていない。

過去は不問に付して、現在および将来を瀬川一人を愛してくれればよいとおもって結婚した。

絵里子は秘匿しているが、かなりの異性経験があったことは、彼女の身体が語るに落ちた形になった。

彼女の身体の隅々まで前の男、それも複数の開発の鍬《くわ》が及んでいる。

瀬川は悔しくおもったが、絵里子の身体を通過して行った男たちは、豊饒《ほうじょう》な美田に開墾して瀬川に提供してくれたようなものである。

瀬川は絵里子の過去の男たちが丹精こめて開いた田の美味《おい》しい果実を味わっていればよかった。

過去、だれが開墾しようと、現在とこれからの美味しい果実を独占していればいい。

瀬川はそんな寛大な気持ちであった。

絵里子に対する疑惑が霧のように湧いてきたのは、結婚して約一年後である。

二人でコンサートへ行った夜の前後、絵里子の様子がおかしくなった。

コンサートから帰って来て、素晴らしい音楽に浸された陶酔の余韻が、そのまま身体の火照りとなって夫婦の寝室へもつれ込もうとしていた。

瀬川が先にシャワーを使い、寝室で絵里子を迎えると、彼女は変質していた。

少し前まで彼と興奮を共有し、今夜の期待に熱くたぎっていた身体が、石のように硬く冷えていた。

彼女は一生懸命演技して夫に合わせようとしていたが、身体が裏切った。

盛り上がり、熱し、予感に満ちていた濃密な時間が、味気ない独り相撲に終わった。

絵里子は懸命に努めてくれたが、化石となった身体は彼女の意志によってコントロールできなかった。

瀬川も彼女の変質を気がつかない振りをした。

だが、あんなにも発情し、激しく求めていた彼女の身体が、なぜ突然冷え、固まってしまったのか。

瀬川が浴室に先に入っているとき、電話が鳴ったような気がする。

変質の原因はあの電話以外には考えられない。あの電話に応答してから、彼女は冷えてしまった。

電話の主は何者か。そして、一体彼女になにを言ってきたのであろう。

瀬川は妻に問いただそうかとおもったが、やめた。つまらない詮索《せんさく》をして、妻の過去をほじくり出したところで、得るものはなにもない。

だが、その夜を契機に、絵里子の様子が少しずつおかしくなった。

化石になったのはコンサートの夜だけであったが、これまで夫婦のベッドの上で一体のように溶接していた彼女の身体のどこかに、違和感が残るのである。

どこがどうおかしいのか具体的に指摘はできないが、夫婦生活に馴染《なじ》まない不純物が入り込んでいるような感じである。

疑心暗鬼かもしれないと、瀬川は打ち消そうとしたが、違和感はますます募ってくる。妻は瀬川に対してなにか隠している。

彼の疑惑が確定したのは、それから間もなく用事があって自宅へ電話したときである。

絵里子の必ずいる時間を狙って電話したのであるが、応答しなかった。

小さな用事で外へ出たのであろうとおもって、三十分ほど後に再度電話をかけたが、留守であった。

不審におもった瀬川は、三十分刻みに電話をかけてみたが、結局、彼女が応答したのは午後三時過ぎであった。

いま初めて電話をかけたように装いながら用件を告げた瀬川に、絵里子もずっと在宅していたような口調で答えた。

瀬川はどこへ行っていたかとはあえて問わなかった。

結婚後、妻が長時間外出するときは、必ず瀬川に断っていた。それが黙って数時間、家を空けていたということは、瀬川に行き先を知られたくなかったからであろう。

日頃の絵里子のライフパターンとして、必ず在宅しなければならない時間帯に、夫に無断で一体どこへ行っていたのか。

おそらくコンサートの夜の怪電話の主の許《もと》であろう。

このことがあってから、瀬川は妻の在宅すべき時間を狙って電話を入れた。

そして、彼女が時どき数時間、家を空けている事実を確かめた。

もはや疑心暗鬼ではない。絵里子は瀬川に内緒で時どき昼間の数時間、夫に知られたくない場所で過ごしているのである。

結婚後、新たにつくった男ではあるまい。おそらく彼女の過去の男が追いかけて来たのだ。

過去は問うまい。しかし、結婚後、夫婦共同の聖域に密かに侵入して、夫だけが独占すべき権利のある果実を盗んでいる男を許せない。

これは瀬川に対する重大な侮辱である。

侮辱したのは男だけではない。絵里子と男が共謀して侮辱したのだ。

瀬川に察知されているとも知らず、絵里子は貞淑な妻の演技をつづけていた。

演技が見事であればあるほど、瀬川に対する裏切りは大きい。

だが、へたに問いつめると、盗人《ぬすびと》を逃がしてしまう。瀬川は妻を盗んでいる泥棒を捕らえ、その正体を見届けたかった。

正体不明のまま逃がしてしまえば、また瀬川の隙を衝《つ》いて絵里子を盗みに来るかもしれない。

二度と盗めないように、その正体を暴いてやらなければならない。

それから間もなくの日曜日の朝、玄関のチャイムが鳴った。なにげなく応答した絵里子の顔色が一瞬変わった。

だが、直ぐにポーカーフェイスと平静な声をつくって、

「間に合ってます。いまちょっと立て込んでおりますので」

と言ってドアホンを切った。

瀬川が、だれだと尋ねると、生命保険のセールスマンらしいと興味なさそうに答えた。

瀬川はそのとき、チャイムを押した人間が絵里子を盗んでいる泥棒だと確信した。

ついに泥棒は図々《ずうずう》しくも夫婦一緒にいる日曜日に押しかけて来たのである。

おそらく瀬川が察知しているとは知らず、絵里子と共謀して瀬川を嘲笑《ちょうしょう》するために来たのであろう。

許せないと、瀬川はおもった。

十月二十四日夜、瀬川は研究グループと一泊旅行に出かけた。

旅行先の旅館から午後十時ごろと深夜、二回電話をかけてみたが、案の定、絵里子は不在であった。

瀬川の旅行に合わせて、彼女も不倫の夜を過ごしているのである。

瀬川の胸は沸騰した。

翌日、旅行から帰ると、絵里子は豪勢な料理を作って待っていた。

夫に対する疚《やま》しさを料理で償っているつもりなのであろう。

その夜の絵里子はいつもと様子が変わっていた。

気分が高揚しているらしく、常になくはしゃぎ、ベッドで激しく乱れた。

不倫の痕跡《こんせき》を夫の身体によって消しているような求め方であった。

心なしかそれ以後、彼女の中にあった違和感が消えたような気がした。なにがあったのかわからないが、瀬川の旅行の夜に、絵里子は憑《つ》きものが落ちたようであった。

それから約一ヵ月後、大山山中から男の死体が発見されたことをマスコミが報道した。死後経過約一ヵ月ということである。

被害者の身許《みもと》は間もなく割れた。鮫川正之という自称映像作家である。犯行推定日である一ヵ月前は、絵里子が瀬川の旅行に合わせて所在不明になった夜と符合している。

あの夜の翌日から、絵里子の中の違和感が消えた。

瀬川は妻と鮫川の間になにかのつながりがあったのではないかと考えた。

その後の報道に注意していると、鮫川は世田谷区の独居老人強盗殺人事件と、狛江市域の轢《ひ》き逃げ事件との関連が疑われているようである。

捜査本部は独居老人殺しと轢き逃げ事件が発生した当夜、鮫川に同伴していた謎の女の行方を探しているらしい。

捜査本部の推測では、強盗が老人を殺害して強奪した金を持って逃走途中、轢き逃げされた現場に鮫川と謎の女が行き合わせて、その金を窃取したのではないかと疑っているようである。

ほぼ時期を同じくして逮捕された轢き逃げ犯人の自供によって、警察の疑いは裏づけられた形になった。

鮫川に同行していた謎の女こそ、絵里子ではあるまいか。

瀬川の胸に兆した疑惑は、速やかに凝固した。

そうだ、彼女にちがいない。

絵里子は強盗の被害金を山分けした共犯者から脅迫され、それを逃れるために共犯者を殺害した。

そのように考えるとき、結婚後の彼女の怪しい言動のすべてがすとんと胸に落ちる。

絵里子は過去から追いかけて来た禍々《まがまが》しい共犯者を、家庭を守るために抹殺したのだ。

間もなく瀬川の憶測は裏づけられた。

突然刑事が訪ねて来て、オナモミとナンバンギセルについていろいろと尋ねた。

瀬川がなぜそんなことを聞くのかと問うと、「捜査に関する情報を集めているだけです」と答えた。

その刑事は鮫川殺しの捜査を担当する捜査本部の人間であった。

瀬川はピンときた。

ついに捜査本部は絵里子を手繰り出したのだ。やはり謎の女の正体は絵里子であった。

刑事はさらに、オナモミとナンバンギセルが、瀬川の研究資料の中にあるかと聞いた。

「あります。現在、ナンバンギセルの寄生植物を調べるために、さまざまな植物の根に接着実験を行なっていますので」

と瀬川は答えた。

「この資料は先生の研究資料でしょうか」

刑事は保存したオナモミとナンバンギセルを瀬川に呈示した。

一見しただけではわからなかった。

だが、そのとき瀬川はその資料が鮫川の死体に付着していたにちがいないと考えた。

警察は絵里子を割り出し、彼女の夫が植物学者であることに目をつけ、その資料が瀬川の家から絵里子によって犯行現場に運ばれて来たと推測したのであろう。

つまり、オナモミとナンバンギセルは絵里子の犯罪を立証する証拠資料である。

咄嗟《とっさ》に判断した瀬川は、大きくうなずいて、

「私の研究資料です。植物の実や芽、葉の形成状態から見て、私の資料です。日夜観察していますのでまちがいありません」

と断言した。

瀬川の証言が絵里子に引導を渡すことは疑いない。

いかに自分の研究資料であろうと、日夜変化する植物資料を同定するのは難しい。

オナモミとナンバンギセルを結び合わせて研究している学者や研究者は、瀬川以外に

もいる。

刑事が保存した資料が瀬川の研究資料であるかどうかは、瀬川本人にも断定できない。

だが、瀬川は絵里子を庇護《ひご》しようとはしなかった。

彼女は瀬川を欺いた。結婚に当たって、過去は問うまいとおもったが、彼女の方で過去を引きずって来た。

しかも、瀬川に隠れて過去と数回つき合っている。それは瀬川にとって許し難い裏切りである。絵里子はその報復を受けてしかるべきだ。

世間知らずの学者子供と馬鹿にして夫を裏切った女が、当然受けるべき報復である。

瀬川の証言に基づいて、刑事は絵里子を追及し、ついに彼女は犯行を自供した。

絵里子が起訴されたとき、瀬川は絵里子の所持品を調べて、彼女が約四千万円の隠し金を持っていたことがわかった。

不思議なことに警察は、その金を強盗の被害金として回収に来ない。

絵里子が金の行方について自供しなかったのか。あるいは全部費消してしまったと供述したのであろうか。どちらにしても金にしるしは付いていない。

この金を瀬川が横領したところで、警察には殺された独居老人の被害金であることを証明できない。

絵里子がなにを言おうと、強盗の被害金を横奪《よこど》りし、夫を裏切った犯罪者の戯言《たわごと》である。日ごろ真面目一方の学究の徒として積み重ねてきた信用が、こんな際にものを言う。

これだけの金があれば、欲しいとおもっていた貴重な文献や研究材料をふんだんに買うことができる。

絵里子とは離婚して、今度は金持ちの初心《うぶ》な娘と結婚するつもりである。

（本当に悪いやつは、おれかもしれないな）

瀬川はにんまりと笑った。

3

田崎美代子は、絵里子が自供したという報道に愕然《がくぜん》とした。

まさか絵里子がそんな大それた罪を犯しているとはおもわなかった。

美代子の家の近くで発生した轢《ひ》き逃げ被害者の金を横奪りしたということであるが、絵里子は深夜、時ならぬ時間になぜそんなところをうろついていたのか。

おもい当たることは、美代子の家を訪問しようとして轢き逃げの現場に遭遇したのではあるまいか。いまにして、矢代と家の近くで出会ったことがおもい当たる。

矢代は近くに用事があって来合わせたと言っていたが、絵里子と轢き逃げを結び合わせて、現場を確かめに来たのではあるまいか。

それにしても、絵里子が共犯者と山分けにしたという金を全部使ってしまったと自供したそうだが、絵里子の性格からして考えられない。

彼女は出所したときに備えて、金をどこかに隠しているのではあるまいか。

絵里子が横奪りしたとされる金額は四千万から五千万円である。

美代子はその十分の一の貯金も持っていない。

美代子は絵里子が起訴されて間もなく、瀬川が絵里子を離婚したという噂を聞いた。

その噂を耳にしたとき、美代子ははっとした。

絵里子が横奪りした金の所在として最も可能性が大きいのは、瀬川の許《もと》である。

絵里子が人を殺してまで得た金を瀬川に託したのかもしれない。あるいは瀬川が絵里子が逮捕されたのを奇貨として、絵里子が横奪りした金をさらに横奪りしたのかもしれない。絵里子が横奪りした金を現金で所持していれば、金にしるしが付いているわけでもないから証明のしようがない。

瀬川が自分の金だと言い張ればそれまでである。

瀬川が真面目一方の学究として積み重ねた信用が、彼を守る武器となる。

瀬川を揺さぶれば、絵里子の隠し金に少しはありつけるかもしれない。

そうだ、絵里子に金を貸していたことにしよう。絵里子があんなことになってしまったので、返してもらい損なった。

瀬川は絵里子に確かめることはない。瀬川に後ろ暗いところがあれば、元夫婦として絵里子に代わって返済してくれるかもしれない。

もともと絵里子の金である。

美代子は自分のおもいつきに興奮してきた。

解説

山前　譲

物理的にはまったくほかの年と変わりないにもかかわらず、西暦二〇〇〇年と聞くと、なにやら特別なことのように感じてしまう。西暦、すなわちグレゴリオ暦では大きな区切りとなるだけに、なにかと話題の多い二十世紀最後の一年だが、森村誠一氏にとっても、最初の著書である「サラリーマン悪徳セミナー」の刊行から三十五年目と、ひとつの節目の年となっている。

まだホテルに勤務していた一九六五（昭和四十）年、池田書店から新書サイズで刊行されたサラリーマン向きのエッセイ書が、作家・森村誠一の第一歩だった。二十世紀の出来事のなかでも特筆される一九六九年の月面着陸に倣って言えば、それは出版界にとっても森村氏にとっても小さな一歩だったかもしれないが、その後の森村氏の活躍ぶりを見れば、とてつもなく大きな一歩だったとも言える。二年後には、ホテルを辞めてビジネス・スタイルの講師となった。そのかたわら本格的に執筆活動をはじめ、最初の長編小説「大都会」を刊行している。

さらに二年後、「高層の死角」によって江戸川乱歩賞を受賞し、推理作家としてより新たな一歩を踏み出した。当時、推理小説界における最大の登竜門であった乱歩賞の受賞は、出版界にとっても森村氏にとっても間違いなく大きな一歩だった。その後の歩みについては詳しく語る必要はないだろう。日本推理作家協会賞を受賞した「腐蝕の構造」ほかの推理小説はもとより、「忠臣蔵」「平家物語」といった時代・歴史小説にも意欲をみせ、「悪魔の飽食」のような緻密《ちみつ》なノンフィクションも話題となった。つねに現代社会を見据えつつ、旺盛《おうせい》かつ多彩な創作活動をつづけてきた森村氏である。

その森村氏の世界を俯瞰《ふかん》する企画展が相次いで行われたのも、氏の読者にとっては、世紀末という時代のなかで記憶に止《と》めておくべき出来事だろう。一九九九年八月からまず桶川市の「さいたま文学館」で行われ、同じく12月からはさらに規模を広げて郷里である熊谷市でも開催された。膨大な著作の紹介はもとより、幼少年期からの貴重な写真、生原稿、創作ノート、愛用品、幅広い交遊関係の紹介と、見応《みごた》えのある内容だった。

なかでも興味を引かれたのは創作ノートである。作者の脳髄の片隅にモチーフが芽生え、ひとつの作品として形を成していくまでの経過がそこに凝縮されていた。完成して上梓《じょうし》されたものを知っているだけに、どう着想し、どう仕上げていったかは誰もが興味をもつところだろう。それは、罫線《すいせん》など無視した、一見したところ脈絡のない乱雑なメモだった。作品はペンが自動的に書いてくれるものではない。作家の生々しい創作の苦しみが紙面から立ち上っていた。

では、この「棟居刑事の断罪」の創作ノートは、はたしてどのようなものだったろうか。幾つものエピソードが重ねられた重層的な構造と、時と場所を違えて関係していく登場人物を整理していくだけで、ノートに書かれた構想メモはかなり複雑なものになったに違いない。

　発端は男女の偶然の出会いである。ホテルのラウンジで、恋人の矢代昭に待ちぼうけを食わされた松葉絵里子は、声をかけてきた鮫島と名乗る男とベッドを共にしてしまう。一度きりとすぐに別れたが、その日の深夜、轢《ひ》き逃げ現場で再会する。被害者のものと思われる鞄の中に大金が入っていたことから、絵里子の人生は一変した。男の提案のままにその大金を折半してしまったのだ。それは四千万円以上あった。矢代とは別れ、植物学者の瀬川と知り合って結婚する絵里子である。一方、東京の成城署には、強盗殺人事件の捜査本部がおかれていた。金持ちの老人が無惨にも殺され、金庫が開け放されていたのだ。警視庁から投入されたのは棟居刑事の所属する那須班である。別の管轄で起きた轢き逃げ事件の被害者がもっていたメモから、捜査は思わぬ方向に向かっていくが、棟居刑事の慧眼《けいがん》が真相を覆うベールを一枚一枚はぎ取っていく。

　横領してまで金を貢いだ矢代と手を切り、勤勉で実直な夫との幸せな結婚生活を手にしたはずの絵里子だったが、分け前を使いはたした共犯者からの電話が彼女を不安に陥れる。警察も着実に捜査をすすめていた。忘れたはずの矢代から電話がある。すっかり拭いさったつもりの過去が、再び黒い影となって迫ってきた。しだいに追い詰められていく絵里子の心理がサスペンスを高めていく。

すでにお馴染《なじ》みとなった棟居弘一良刑事を中心とする地道な警察捜査と、思いもよらぬ大金を手にした絵里子の日常生活。このふたつの線が、ときには接近し、ときには離れて錯綜したストーリーを織り成し、新たな事件も誘っていく。犯罪者心理を描いた倒叙物と警察小説の両方を堪能できるだろう。

いわゆる男女雇用機会均等法など、男女間の差別を解消していく流れはこのところ顕著である。もちろん一個の人間として、男であるか女であるかは区分の基準とはならないが、肉体的に、そして心理的に、依然として男女に違いの見られるのも否定できない。長年の社会的な慣習と経済的な環境から、どうしても女性は従の立場に追い込まれやすいのだ。本書の絵里子も最初は、男性に対する隷属的関係を自ら認めていた。二度も妊娠中絶を行い、なにかというと金をせびる矢代と、結婚までは望んでいない。独り暮らしを紛らわせてくれるだけで満足していたのだ。二十七歳という年齢もハンディと思ってしまう。その絵里子が、大金を手にしたことで、一度は大きく変身する。金銭的な余裕が、心の余裕となったのだ。自分を捨てて結婚してしまった矢代に未練はない。新たな出会いがこれまでの人生を一変させる。

だが、やはりそれは脆《もろ》い砂の城であった。金銭的な充実感は、絵里子の本質までも変えたわけではない。罪を共有した男からの電話が、ひと時の幸福を奪ってしまう。結局は、寄生虫のような男に絡めとられていく絵里子だった。追い詰められた彼女は、思い切った手段で事態を打開しようとする。

本書にはもうひとつ、男と女の関係が内包されている。棟居刑事と本宮桐子の歯痒いほどのプラトニックな恋愛である。妻子を何者かに殺されて独身となった棟居は、穂高連峰を登山中に桐子と知り合う（「棟居刑事の情熱」の冒頭）。はからずも上高地のホテルで同室となるが、ふたりの間には何事もなかった。互いの素性も知らぬまま別れたものの、桐子の父親が殺人事件の被害者だったことから、再会の機会が与えられる。

以来、忙しい刑事生活の合間を縫ってデートは重ねてきた。しかし、まだプラトニックなままである。桐子の思いを棟居は十分知ってはいたが、もう二度と家族をつくるまいと決心した彼が一線を超えることはなかった。〈捜査に行きづまったときや、荒涼たる独り暮らしに精神が渇いたとき桐子に会うのは、桐子に甘えているのであろう〉と、棟居は本書でその心情を吐露している。しかし、桐子もまた、棟居に甘え、精神的に満たされているのだ。

こうした互いに相手を尊重しあう棟居と桐子の恋愛関係がベースにあるだけに、絵里子をキーパーソンとする打算にまみれた男女関係が本書ではいっそう際立っていく。男の思惑と女の思惑。歪な男女の関係が、日常生活のなかに潜む邪悪な心までも露《あらわ》にしていく。結局は男と女の関係の本質を摑み切れなかった絵里子の姿が切ない。

この「棟居刑事の断罪」は、一九九五（平成七）年四月十四日から九月十五日まで『ザテレビジョン』に「棟居刑事のラブアフェア」の題で連載され、森村誠一氏の作家生活三十周年を記念して、同年十月に角川書店より刊行された。一九九八年一月、カドいる。男に頼り、そして男に翻弄されていく絵里子と、冷静に捜査をすすめていく棟居刑事とのコントラストが印象的な長編推理である。

森村誠一氏の創作ノートは、かつて「創作ノート『プロ作家の心構え』とは」（エッセイ集「ロマンの珊瑚細工」に収録）のなかで一部紹介されたことがあった。それは「死海の伏流」のもので、構想初期の苦闘期、構想中期の登場人物関係図、そして構想が煮詰まったものと、二ページを目にすることができる。なにが書いてあるか、作者本人にも判読できない字が多い。これが読めるようになってくると、いくらか固まってきた証拠である。と書かれているように、他人がきちんと判読できるようなものではないが、森村氏の創作過程の一端を窺《うかが》い知ることができた。

いま、なにかと時代の変化がマスコミで報じられている。既存のシステムの崩壊がいたるところで起こっているようだ。小説の世界も、CD－ROMやインターネットを利用したものなど、従来からの「書籍」とは別の形で読者に提供される機会も増えてきた。しかし、どのような形態をとろうとも、書くのはあくまでも作家である。それぞれ独自の作品を創り出し、読者を楽しませていく小説の世界はまだ揺るぎないのだ。森村誠一氏の創作ノートも、これからさらに何十冊、何百冊と積み重ねられていくに違いない。

本書は一九九五年十月、小社より単行本として刊行された『棟居刑事のラブアフェア』を改題し、一九九八年一月、カドカワ・エンタテインメントとして刊行したものです。

解説は、二〇〇〇年五月に刊行された角川文庫に収録されたものに加筆修正したものです。

棟《むね》居《すえ》刑事《けいじ》の断罪《だんざい》

森《もり》村《むら》誠《せい》一《いち》

平成12年 5月25日 初版発行
令和元年 10月25日 改版初版発行
令和7年 1月20日 改版3版発行

発行者●山下直久

発行●株式会社KADOKAWA
〒102-8177 東京都千代田区富士見2-13-3
電話 0570-002-301（ナビダイヤル）

角川文庫 21852

印刷所●株式会社KADOKAWA
製本所●株式会社KADOKAWA

表紙画●和田三造

●お問い合わせ
https://www.kadokawa.co.jp/（「お問い合わせ」へお進みください）
※内容によっては、お答えできない場合があります。
※サポートは日本国内のみとさせていただきます。
※Japanese text only

ISBN 978-4-04-108652-0 C0193